アウトローで「フクシマ」

吉田雅人

批評社

まえがき

今年も一目千本の花の季節がやってきた。吉野は戦後70年は言うもおろか平安の世から1000年余の長きにわたって絶えることなく山桜を爛漫と咲かせてきた。

そこには桜樹の金剛蔵王菩薩への祈りと桜の樹を神木と崇める心があり、単なる桜遊山ではなかった。一枝を折る者は指一本を切るという不文律があり、掟を犯す者とておらず人々は桜の苗木を携えてお参りしたものだ。

「願はくば花の下にて春死なむ」と詠んだ西行、その思いを誰しもが抱く。

桜花の怪しげな妖艶は、そう、私たちの「いのち」に由来する。

「桜の樹の下には屍体が埋まっている」と、そして「屍体はみな腐爛して蛆が沸き、堪らなく臭い。それでいて水晶のような液をたらたらとたらしている」「桜の根はその液体を吸っている」「毛根の吸い上げる水晶のような液が、夢のようにあがってゆくのがみえるようだ」と梶井基次郎。

一度は死を掻い潜らなければならない。「美」の中には「醜」があるのを忘れてはいけない。「美醜」は一体の語として用いられてきた。俗に言う美女と野獣との躍り食い。

なかでも、「死」が隠されたことによって、私たちはものを見る目を曇らされた、「古事記」にあるのに。国生み・黄泉の国の神話で、イザナギは愛するイザナミが火の神カグヅチの出産の際に負ったやけどで亡くなったのを嘆く余り、葬った黄泉の国に行き、イザナミの変わり果てた姿を見ることになる、腐りかけて蛆のたかっているイザナミの姿。

イザナギは逃げ帰っても目だけはそらさなかった。生と死も一対の言葉である。

原子力発電所はどうか、これもそうなのだ。日本に導入されたいきさつをみれば、明らかに核兵器と一体のものである。

表の顔が原子力発電所で、裏の顔が核兵器製造所ということだ。原子炉における核反応が同じなのに、どうして両者を区別することができるのか。仮に別物であるとしたら、アインシュタインの言うように原子力でお湯を沸かしタービンを回し電気をつくるなんて最低の方法だということになる。何より使用済み核燃料の処理方法が全く分からない。一万年単位の長きにわたって高い放射線を照射するのだからこれ以上厄介なものはない。高いリスクのある原発を稼働させる意味合いは何もない。目的は発電でない、核兵器の製造にあると見れば納得がいく。

横須賀に洋上の原発があると言えば驚くと思う。米軍の横須賀基地を母港にする原子力空母ジョージ・ワシントンのことである。搭載する2基の原子炉の出力は40万キロワットで福島第一原発1号機に相当する。基地は治外法権の地、アメリカの地なのだ。ご丁寧に日本政府は在日米軍関係経費として、2015年度は5197億円を差し出している。他に、基地交付金388億円、提供財産に対して1665億も必要となってくる。

驚くべきことに、この米軍駐留負担額は、アメリカの他の同盟国であるスペイン・イタリア・韓国・ドイツなど20数ヵ国の負担額を合計したよりも多い。もう、何をか言わんやである。ましてジョージ・ワシントンが「フクシマ」のようになれば、今度は首都圏が高汚染地帯となる。すべてが杞憂であることを祈りながら虚空を見る。

アウトローで「フクシマ」――もくじ

第1章　込められたぶつぶつ

こんなに弱るとは
　うつ病で10年、車に撥ねられて5年
あと何年か、「フクシマ」の写し絵となって過ごすと、大勢の人に被曝の症状があらわれ、有効な治療法もなく、もがき苦しんだ末、死んでいくのを目の当たりにする
私とて矛を納める時となる
だが、本当に恐ろしいのは
そう、こうして「静かな死」に向かい合っている、今だ

20年来、チェルノブイリ近郊の汚染地帯を訪れ、被曝者たちに医療活動を行っているドイツのドルデ女医、核戦争防止国際医師会議のメンバーでもある彼女は、原発事故の起きた福島の将来について、これからどう生きっていったらいいのかと聞かれて
「生きる、ですって？　何よりも人々は死んでいくのです」「ストロンチウムやセシウムの半減期はだいたい400年です。日本の責任者はとっくに女性や子どもを南に移住させなければなりません。セシウムは女性の卵巣や卵細胞にも取り付く、そうなるとまったく子どもは生まれない、生まれても、その結果はとても想像できません」

また、チェルノブイリの事故から25年を経た今、低線量の被曝者が発病しているということですか、

「その通りです。当時の大人は25年間生き延び、今病気になっています。私たちはそれを〝静かな死〟と呼んでいます。当時の子どもたちはもうとっくに発病しています。そして多くは死んでしまいました」と

2011年3月11日に起きた東京電力福島第一原子力発電所の未曾有の事故
関西まで放射能に汚染された、なんて言っても誰も相手にしてくれないのが実状

東日本大震災のニュースが飛び込んできて茫然としていると
福島の原発が爆発し、大量の放射性物質が大気中に放出されたらしい、と
曰くありげな美形のニュースキャスターが合間に伝えた
地震は観測史上最大のマグニチュード9・0、それによって引き起こされた最大8メートルの高さを超える巨大な津波が東北地方一帯の太平洋に面した海岸地帯を襲った
2万人近くの人の命を奪い、40万戸の建物を壊し、23600ヘクタールの農地が冠水するなどして、20兆円にのぼる損害を与えたとかの、空前絶後の大惨事であるとかの、かなり正確な情報が伝えられ、津波に襲われる家々の生々しい映像が映し出されてくる
ああ、どうなるだべ
襲いかかる津波の圧倒的な力に度肝を抜かれ、茫然と立ち尽くしている人、人
しかし、日頃は忘れがちであるが、私たちは自然災害にあうたびに地震大国、火山列島に住む者の定めとして、自然の良し悪し全てをひっくるめて受け入れてきた

だから、時間がかかろうとも、悲しみを心の奥底にしまい、数々の困難を乗り越えて、復興していく力を持っている
それに比して、原発事故はどうか
核爆発と聞けば真っ先に頭に浮かぶのは「ヒロシマ・ナガサキ」
詳しいことは皆目分からないが、1号機から4号機まで爆発したとか、しないとか
仮に4号機まで爆発していたとしても、死者、それは急性被曝による死であっても、広島に投下された核爆弾「リトルボーイ」のように、何万人もが一時に殺戮されるわけではない
大気中に放出された放射性物質が私たちの体内に取り込まれ、蓄積され、一定の積算量になった数年後、数十年後に晩発性の被曝症を発症させる、そこから苦しみが始まり数百人、数千人、数万人と私たちを殺していく、そんな遣り方で抹殺されるということだ
福島原発にあった核燃料の総量から考えれば億単位の被曝死が出てもおかしくはない
見えない明日
このまま放出が続けば、汚染は拡大の一途をたどり、北半球一帯にまで及ぶ
それだけの脅威を「フクシマ」が見せつけているのに、一切、姿が映し出されない
目の前で放射線に照射されている人がいるのだが、家も車もそのまま、無音で、灰色の空が覆うだけで遠雷も何もない
一切合財ない
いつものこととはいえ、東電・政府は事実を伝えない、隠蔽あり、嘘や誤魔化しありで、発表されるのは彼らにとって都合のいい事だけである
人類史上初めて遭遇する大惨事であるとはわかっていても、事故の実態は隠され

被曝の惨状はかなり分かってきていると思われるものの、避難対策や事故の収束に向けての取り組みは矮小化された事実に基づいたものらしく、そう大した事故でないかのように伝わってくる

圧倒的なうねりが一段と高く持ち上げるとどーと波打ち、人や車や家を一挙にあれよあれよという間に呑み込んでいく、ああ、おおと叫ぶ声、無惨な映像がふと途切れると、滅茶苦茶になった福島原発が浮かびあがってきた

1号機、3号機、4号機の建屋です、空から捉えた福島原発です、たいへんです、たいへんです

テレビカメラが捉えた姿、こりゃ大変な事態だ、ううん、まるで空爆を受けたかのような残骸の山

今では、断片的なニュースはあるものの、事態が収束したかのような世相下では、福島の事故はなかったことにしようという雰囲気がつくりだされている

「フクシマ」について言及すればするほど、危機を煽る不届き者扱いにされてしまう

タブー視された「フクシマ」

2012年1月に公表された「国境なき記者団」の、世界の報道自由度ランキングは、前年度の11位から22位に格付けが落ちたのも、その間の事情を示している

毎週、毎週、金曜の夜に、国会前に全国から数千の人が集まって、原発をゼロにせよと訴えているが、マスコミの取材、報道はほとんどない

数万の人で埋め尽くされることもあった

官邸にいた当時の野田総理はその叫びを耳にして、「大きな音」と言った

数秒、この間の映像はなぜか流れた、しかし、再び報道されることはなかった

3号機が爆発した映像も最初に放映されただけで再び取り上げられることはなかった。
天を目指し、ぐぐと上る黒い雲の塊をテレビが映し出していたが、国民がパニックに陥るといけない
とかで二度と放映されることはなかった、私も変に思っていた
1号機の爆発の時の白い煙は横に広がりながらおもむろに空にあがっていった
3号機の場合は黒煙が垂直に一気に上がっていき、その高さも1号機のものより数倍近くあった
アメリカのガンダーセン氏は建屋のあたりに赤くなっている箇所があることにも注目し、煙の形状や
MOX燃料が使用されていることなどから考えて、3号機では水素爆発や水蒸気爆発ではなくて核爆
発が起きていたと指摘している
数にものをいわせてはいけない、武器にものをいわせてはいけない
まして、伏魔殿が命令を下すのはなお悪い
もっと悪いのは伏魔殿に臍の緒のようにくっ付いた上座で過ごす「ぬえ」
子どもの頃、蚊帳のなかから蛍を見た光景と重なってくる

去る2012年12月に行われた衆議員選挙で復権した自民党政権はなし崩し的に元の原発大国に戻そ
うとしている
しかし、しかしだ、一度は、民主党政権下で、私たちは30年に原発ゼロにするとの方針に持ち込めた、
これで、2030年までに日本から稼働中の原発はなくなることとなった
だが、閣議が開かれる直前にアメリカの強要と財界の巻き返しに屈して、「30年」が「30年代」となり、
「閣議決定」が「努力目標」にすり替わった
国民の7割以上の人たちの望んだことが、あれよあれよという間に「10年遅れとなる」、そして「努力

目標」という、何とでも誤魔化しのきくものに変容させられたのを目の当たりにした
戦後70年経った今なお、アメリカの支配下にある日本の現状を改めて思い知ることとなり、政府よりも財界が力を持っていることも改めて知った
伏魔殿は永田町か霞が関か、そして、「ぬえ」はどこに

1954年3月に、中曽根康弘元総理らが、「濃縮ウランはウラン235だから」とかで「2億3500万円の原子炉築造費を含む原子力関連法」を国会に提出し、可決に持ち込んだ
それはあたかも45年の「ヒロシマ・ナガサキ」の屈辱から、54年の年にえいこらどっこいしょと宙返りして、殺される側から殺す側になろう、と
それ以来、ほんの一時期を除いて、保守合同した自民党が政権与党として一貫して原子力発電を国のエネルギー政策と位置づけ、推し進めた挙句、今では54基を持つ「原発大国」になったということだ。
それは取りも直さず「核大国」の謂いであり、中曽根氏などの悲願であった「核兵器保有国」に実質的になったことを意味した。世界から監視の目で見られ警戒されているのもそこにある
原発をエネルギー問題だけに矮小化して捉えると、的を外したことになる
原発と原爆は双子の兄弟で、原発産業は死の軍需産業と一卵性双生児だという事を忘れてはいけない。
原発で使用した核燃料から抽出したプルトニウムはすでに45トン程にもなっており、そのうち30トンほどは核分裂性プルトニウムである、これを用いるとごく短期間で原子爆弾を作ることができる
核兵器一発分の核燃料が8キロほどであるから3750発と、とんでもない数になる
自民党がなんとしても政権与党であり続けなければならない大きな理由のひとつがここにある
先の衆議員総選挙では、「フクシマ」の問題があり、70%以上の人が原発はいらないと表明しているの

に、野党の自民党が圧勝し、政権の座に返り咲いた、どんな手を使ってでも自民党は選挙に勝たなければならなかった、深い闇を守れと
選挙運動における旧来の遣り方、「地盤・看板・カバン」を最大限に用いて、血縁や地縁や後援会などを十二分に悪用するどぶ板戦術、金の臭いがぷんぷんするなかで集団の論理だけが我が物顔に跋扈していたのは言うまでもないが、それだけの事でこんな大勝にはならない、また民主党の政権運営の拙さに対する批判だけで票が自民党にどっと流れたと捉えるのも合点がいかない。
少し検証してみると
今の小選挙区制の悪い面がもろに出て、自民党の圧倒的な勝利となったのに過ぎないと分かった
もう一つは、民主党が官僚の厚い壁にぶつかり弱腰な政権運営しか出来ず、果ては財務省の悲願である消費税10％増税の罠にはまり、増税路線を掲げることになったことにある
その点、自民党は狡猾である、もともと消費税を10％にあげるとか、原発は再稼動させるとかを公約に掲げているのだが、選挙に当たっては曖昧にし、もごもごと口を濁し争点外しをしていた
戦術的にはこういった姑息な遣り方でもけっこう有利に働くが、なんといっても小選挙区制が自民党に圧倒的に有利に働いた
１９４の現有議席数に過ぎない自民党が議席数４８０の61％にあたる２９４の議席を得た、一挙に１００議席も上回る大勝なんておかしい、勝ったアベ総裁も引きつった笑いをしていたようだ
野党に下野していた間、何の実績もなかったのに、である
投票率は59・３２％で、自民党に投票した者は27・６％、従って59・３２の割る１００の27・６％で、16・３７％の国民が自民党を支持すると表明したに過ぎない
１００人のうち16人が支持し、残りの84人は他党に投票したか、冷笑しているだけか関心がなかった

かで棄権したのである。
実情を反映した議席数は480議席の16・37％で、78議席とみるのが穏当かと
一方、民主党は230議席から57議席と激減した、議席数ではそうなったが、支持層が急激に民主党離れを起こしたわけでもない
同じように四則計算をすると、投票した人は15・9％だから100人のうち9人ほどが支持した
こういうことで、自民党の当選者が294名だとすると、民主党は169名でなければおかしい、また自民党が78議席だとすると、民主党は45議席となる
小選挙区制では最高票の一人だけが当選するシステムだから、いくら投票数が多くても次点の者は落選となる
民主党に投票した人の票が「死に票」となって、大量に出たことを物語っている
これは何も私だけが言っているわけではなくて小選挙区制が導入されてから指摘されてきたのだが、今度の選挙ほどその弊害が顕著に現れたことはない
しかし、どのような選挙戦であっても法に触れない限り、疑わしきは罰せずで、信を得たことになり、勝てば官軍で、特定秘密保護法の成立や集団的自衛権の閣議決定や原発再稼動などでみせた国会運営の、誰の目にも明らかな程、294議席の数の力によるゴリ押しの連打
これでは、間接民主制は少数の意見を尊重することによって初めて成り立つという制度そのものの否定になる
国会法第54条に少数意見を尊重する取り扱い規定があるのもその為であり、自民党に投票した者も白紙委任したわけではない
民意を正しく反映する選挙制度という前提にたてば、いま見てきた通り、

自民79議席、民主45議席については正当性があるが、残りの議席356のうち、70ほどは他のいくつかの政党に、そして280議席ほどが「衆院選に立候補しなかった棄権党」にということになり、本来は、「棄権党」が国民の信を得、政権与党として国政をになうことになるのが筋というのに、これでは、旧来の利権政治の完全な復活。どれ一つとっても、だまし絵の世界
「フクシマ」でだれも責任を問われることもなく、大量殺人をなしたと糾弾されても平気の平左で納税は義務だとうそぶく
私たちは、苛政は虎よりも猛なりと虎を選び、百年河清を俟つことにしたが、どうなることやら

佐藤福島県知事は「緊急時迅速放射能影響予測システム（SPEEDI）」による放射能拡散予測画像データを文部科学省から入手していながら、なぜか消去してしまった、そのためにプルーム（放射能雲）のある方向に逃げて被曝しなくてすんだ人まで被曝させたという兇状持ちである
このデータはアメリカなどには伝えられた。もっとも事実はこうであったらしい
原子炉の全ての放射性物質が放出されたと想定して試算したところ、関東・東北地方全域に放射雲が流れるとの結果がでた、これは実際問題としてはありえず、また公表すればパニック状態になる恐れがあると、保安院と文科省とで協議したところ、とても公表できる内容ではないということになったとか、そうであれば佐藤知事もそれに従ったまでのことか
しかし、このことから1号機から4号機まで水素爆発にしろ何らかの爆発が起きれば東日本全域が放射性物質に覆われることになるということが図らずも分かったということだ
これは、吉田福島第一原発所長が「2号機はこのまま水が入らないでメルトして、完全に格納容器の圧力をぶち破って燃料が出ていってしまう。そうすると、その分の放射能が全部外に撒き散らされる

最悪の事故ですから。チェルノブイリ級ではなくて（それを上回る）」とか、「プルトニウムであれ、何であれ、今のセシウムどころの話ではないわけですよ。放射性物質が全部出て、撒き散らしてしまうわけですから、われわれのイメージは東日本壊滅ですよ」と述べていることとも符合する
吉田所長が果たして東日本の壊滅を防ぐことができたのか、これはもう人智の及ぶところではない、
獅子奮迅の働きの最中の2011年11月24日に食道癌で入院することになり、翌々年の13年7月8日に逝去するまでの間、心中穏やかならぬ日々であったと思われる
それでも私は死者に鞭うってでも糺したい、
如何なる理由があろうとも「原発」に手を染めた、唯その一点で罪を犯したのだと
だから問う、食道癌が「フクシマ」に起因するのか否か、と
また、防潮堤のかさ上げの件で上申書が提出されていたのを知っていたかどうか
非常用ディーゼル発電機が海側の地下に設置されているのをなぜそのままにしたのか
言い訳など聞きとうない、原発ほどリスクをともなう事業はない、石橋を叩いて渡ってもまだ足りない、それなのにこの程度の対策もしていなかったとは、
食道癌の件は、被曝に関する問題となるが、豪胆な吉田所長なら最期には、これは東電の引き起こした人災だと率直に語ると思ったものの、やはり東電の組織に組み込まれた人物でもあった
それは公選で選ばれた佐藤知事とて同じだ。
他県に避難しようとしている人に対して陰に陽に圧力をかけている
なぜなのか
江戸時代さながら居住の自由を奪っているのも逆に捉えれば分かり易い
ひとえに健康被害などないことにするためだ

長崎大学の山下俊一氏を福島県立医大副学長に招聘したのもそのためだ
名だたる山下教授は持説の100ミリシーベルト程度の放射能なら何ら心配することはない、にこにこ笑っている人のところには放射能は来ないなどと講演したり、ちょっとのこと位で医療機関にかからないようにと呼びかけている、期待以上の啓発ぶりをみせている
なぜ、そこまで珍妙な言動をとるのか、何の事はない、江戸時代の逃散と同じだ
年貢米の重圧に耐えかねて村民一同逃げ去れば年貢米そのものを取り立てることが出来なくなる上、統治能力なしとみなされる、
被曝しようがしまいが避難せずにそのまま居ってくれれば、住民税がはいってくるのは言うまでもないが、補償とかのややこしい問題が起きない、
今日あるように明日もある
そう、そうしてくれている限り、県にとって住民の沈黙は金なりだ、何事も今日あるように明日もある、波風を立てないのがいの一番の処世法だと思い込ませる

幻想とは美し酒みたいなもので乙なものだが、想像力の足りぬ人を惑わせるので怖い
避難者だけの問題にし、のらりくらりと長引かせて、人の噂も75日で次第に世から孤立させる、
これを基本となすのが国、それなのに何度騙された事か
ソ連軍が侵攻してきた時に関東軍がいち早く逃げて行ったことを
戦時国債がただの紙切れになったのを
私たちが汗水垂らし蓄えた1280兆円とかいわれている手の切れそうな日銀券も
国家という幻想がある限り万札だが、日銀券だって元をただせば原価5円の紙切れ

実はこういった事は気を付けて周りをみると掃いて捨てるほどある
物事の裏にまで思いが至らないのは、一つにメディアが本来の役割りを果たしていないからでもある、
社会の木鐸なんていう目くらましなんぞがなくても、マスメディアの立ち位置というのは自然と定まるものだ
そう、そうなの、やはり思ったとおり
それがこの私たちの暮らしている国
「わたし」のいない福島
国も県も町もぼったくりバーであると
悪は善に内包されており、制御しなければ肥大化する
善と悪はカオスの世界で一卵性双生児のように混ざり合って生きている
何かの折に悪が鎌首を持たげてくると、「そりゃ善行より悪行の方が面白いに決まっているだろ、あんだけ道徳、道徳って口やかましく言わなくちゃ治まりがつかんとこをみるとだぜ」とか言って、ワル同士先陣争いをする、そして、傷を負わせただけでは満足せず傷口に塩まですり込む

ええか、わしらは20キロ圏外で屋内退避ということじゃが、今こうしてここにおる、家にいてもどうも不安で不安でどもならん、皆でここにおれば安心だべと思い、地区の世話役をさしてもらっておる手前、皆に声を掛けてこうしてここに一緒に避難しておれば安心だべ、そりゃ来るまでにはガソリンを入れるにも長い時間かかった、道は道で車でいっぺえでなかなか進めねえし、ところどころ大けな割れ目ができとるで、そりゃ散々な目にあったべ、でもなあ、東電さんのことだで悪いようにはならんじゃろ、わしらも目処がついたら家に帰る、それまでの辛抱じゃ。

いいえ、それはちがう。

え、なにがだ。

校庭は使用禁止になってるじゃないですか。

そりゃまあ、大事をとってのことじゃ、なかには線量の高いところもあるで、そういうところは除染することになっとるで、おめえさんも知っとるで。

私たちが学校の何箇所か測定したところ、空間線量は1マイクロシーベルトを上回っていた、排水溝では50マイクロもの数値がでたのですよ、こんな高い線量では心配しない方がおかしい、病気になってからでは手遅れなのですよ。

それはそうじゃが、国は責任をもって除染するという話になっとるで。

除染って、なんなんですか、除染してもものの数日で前の線量に戻っていますよ、通学路では0・7マイクロ、これって、ご存じ、病院に、ほれ、よくみかける放射線管理区域、あるでしょ、あれと同じなのですよ。

まあ、まあ、落ち着いて、しかし、しかしじゃなあ、落ち着いて聞いてくだされ、町いっぺいがそのように汚染されているわけじゃない、あくまでも、あくまでもじゃ、ホットスポットになっとる地域がそのような高い線量になるって、そこを除染すれば健康被害は起きないと町は言いとるのじゃで、少しは役場の言い分も聞いてやらんと、それをおめえさんのように一方的になあ、纏まる話もどうもならん、よおく考えて、それに、ええと、そうだべ、先日、国からお達しが有り、避難地区でも除染して安全が確認されたら、家さ帰れるんじゃとて、そういうことじゃで、もうちょっとの辛抱だ、おめえさんがしんぺいすることはわしだってよく分かるが、おめえさんひとりの話ですむもんでもねえ、みんなの福島だべ。

おじさんもここの避難所の方が汚染が少ないと思って皆に来るようにしたのでしょ。
うんにゃ、それを言ってはならん、おめんところも姑さんもうちで最期を迎えんだと動こうとしなかったたべ、おらはこうなると思うとうたじゃが、もう歳も歳だしで、ここで死なせてくれと言うたんだべ、しかしじゃ、修治さんにしてみれば、おかあ一人置いとくわけにもいかねえで残ったと聞いとるがてぃへんじゃ。

私の暮らしは除染しても除染しても除染し切れない汚染のただ中にある
折り合いの付かぬ修治の視線を背に浴び
順のかじかんだ手を握り、家を出て行った

第2章　内部被曝

4年の歳月が長いのか短いのか
町を逃げ出した母子にしても列島のどこに行こうとも被曝から逃れることはできない
福島発電所から遠ざかれば遠ざかるほど、外部から浴びる放射線が少なくなるというだけのことだ
汚染された食べ物や水から受ける被曝に対して、個々に対応するのは難しく、国が安全な対策を講ず
るのを俟つしかない
伊達特産の桃をじっとみながら、母の袖を摑んだままモモ食べたいよとすすり泣く子
何から何までとはいかず、痩せ我慢は三日がいいところ
修治に宛てた手紙には、義母の世話を投げ出した至らぬ嫁と詫びながらも決して修治に愛想を尽かし
たのではないことをくどくどと述べた終わりに、離婚届けの捺印と、背に腹もかえられず養育費のお
願いをした
養育費は身が立つまでで十分だということと、国は子どもを守る気などないので順を守れるのは母親
のわたししかいないことをまたしてもくどくどと記した
やっと書き終え、投函したが、便箋の端が流した涙で皺になっているのには気づいていなかった
ああ、これで一安心、外部被曝のことはもう心配しなくていい、順を家に閉じ込めておくこともない、
思いっ切り外で遊ばせてやれる、子どもは泥まみれになって学んでいくもの、からだで感じ取ったも

のをジグソーパズルのように組み立てていくことによって「ひと」になっていく
子どもをなんとしても被曝から守りたいと思う母心から生まれた哲学がそこにあった
これからは内部被曝にだけ気をつけておればいいなんて、ほんに気が楽になったわ
でもどうなんだろ、内部被曝の方があぶないわ、なんて思っているのはわたしらだけかしら、それにしても被曝といえば、今も空間線量・外部被曝だけを取り上げて、内部被曝は有耶無耶にしているなんて
それに200種類以上もの放射性物質が放出されたっていうのにセシウム、セシウムってのもなんかおかしい
取り敢えず、福島産の米とか野菜・果物はやめとこ
ちゃんと検査しているので安全だ、風評被害だと騒ぎ立てるのもおかしい
何もわざわざ福島産を買わなくてもいい、食べて福島を応援しようか、なんて
福島沖で獲った魚であっても三重の港に持って行き、そこでセリにかければ三重産になる
ぶつぶつ・ぶつぶつ・いろいろ・と尽きないざわめき
なにが正鵠かわかったものではない
確かなのは人の噂も75日、伏魔殿は75日開かずの間
こうしておくだけでいいと高を括っているヤカラ
これが曲者で、組織に無責任な体制をつくり、内在化させる最も大きな要因といえる。
東電の他人事のようなしれっとした顔とのぺっとした話しぶり
万事そこにみてとれる
万単位のひとの人生を狂わせ、奪い、塗炭の苦しみのなかに放り込み、最後は病魔でとどめを刺す、

死産・流産・奇形児の連鎖、ドイツのテレビ番組名「遺伝子の中で荒れ狂うチェルノブイリ」さながらの光景が7代にわたって展開されるのを見ろと強要してもだんまり、途轍もない大罪を犯したという罪の意識の欠片もないので素知らぬ顔
世にこれほどの地獄絵があろうか
でもなあ、プルトニウムよ
のう、セシウムくんよ
きみたちはぼくの体内で地獄絵を描いているが、ぼくはきみたちに何ら罪はないと思っている

毎日、毎日、新聞の一面に「フクシマ」と大きく載せない限り、「フクシマ」はなかったことになる、
そして、ある日、突然、4号機の貯蔵プールが倒壊し、大量の放射性物質が大気中に放出される
私たちは再び茫然自失、ああ、お仕舞だ
それでも7シーベルト以上の放射能を1度に浴びない限り即死することもない
テレビの画面にぼんやりと浮かんだ、「ただちに健康に影響はありません」としゃあしゃあと言ってのける政府
だが、その通りなのだ
「ただちに」ではなく、「3年後、10年後に」体内での積算被曝量が一定の値を超えた頃に突然、白血病などを発症する
内部被曝は外部被曝と比べようがないほどの健康被害をもたらすと矢ヶ崎克馬琉球大学元教授は言い、
内部被曝を認めると核兵器・原発の存在が否定される、アメリカはそれを一番恐れたと指摘する、つ

まり「放射線で苦しめられるという、そこの場面をアメリカは隠したかった。核兵器は破壊力は大きいが放射線で苦しめられることはない。通常兵器と同じだと、そういう虚像をつくりたかった」と断罪する

アメリカが核による世界戦略を遂行するにあたって、内部被曝は邪魔なのだ

人道上、許し難いとの非難を世界各国から浴びるのは火を見るよりも明らかだ

これでは核兵器による世界制覇も覚束無い。

内部被曝を「無き者」にしただけでは無理があると判断した

そこで、打ち出されたのが「原子力の平和利用」という目くらまし

アイゼンハワー大統領が１９５３年の12月に国連で「アトムズ・フォア・ピース」の演説を行い、37カ国との間で原子炉建設の協定を締結したのがそれである

原子力は原子爆弾も造るが、それだけではない

医療にも役立っている、電力不足に悩んでいる国には発電所をも提供できるというわけだ

これにはもう一つアメリカの国内事情があるので補足しておこう

旧ソ連との核兵器開発競争に一応の目処がつくと、ウラン２３５がだぶ付き始め、輸出によって利益を得ようとした

生産量は、例えばナバホ族の居留地にあるウラン鉱山からは１９４４年から86年にかけて４００トンもの鉱石が採掘されている、従事したナバホ族の人が肺がん死するなど健康被害が多く出たが、採掘が優先され健康・環境対策は二の次にされた

しかし、しかしだ、アイゼンハワーが大統領に就任時には１０００発ほどでしかなかった核兵器が２万２０００発にもなっているのはどういうことか

リトルボーイの殺傷力をもとにしてみると、犠牲者29万人の2万2000倍、どうですか、電卓をはじいてみますか、約64億人、アメリカの保有する核兵器だけで世界の人をみな殺しにできる
いかに常軌を逸しているかが分かる
核戦争ともなれば、アメリカが仮想敵国とみなしている旧ソ連も核で応戦する
白兵戦から空中戦、ミサイル攻撃、そして核攻撃、現在の戦争は従来の戦争の概念とは全く違う
核戦争では、核シェルターに逃げ込んでも生き延びる術はない
よく核戦争ともなれば人類滅亡というが、そういう認識があるのなら
なぜ、原発事故も同じだとの思いに至らないかとかねがね私は不思議に思っている
数値も具体性を与えないと浮き出さない
広島型原爆では飽き足らず、水爆の開発、これが1000倍の核出力をもち、
第五福竜丸に「死の灰」を降らせることになる、ビキニ環礁でアメリカが行った水爆実験であったが、
へえ、なんだべ、すごいでは何ら反撃の力にはならない、「ヒロシマ」では、たった800グラムの
核反応が引き起こした熱線・爆風・放射線で大理石に淡い影を残し一瞬にして消え去った人、剝がれた赤い皮膚をべらべらさせながら水をと呻いている人、化膿した傷口から悪臭を放っている人、そんな犠牲になった人の姿を描きながら「ヒロシマ」を見なければ、
また年末までの5ヶ月間に即死した5万人を含めて14万人ほどの人が亡くなっている、メガトン級の水爆では1億4000万人か、こりゃ、ぶったまげた、水爆一つ落とされたら日本はお仕舞いや、と
こういう代物の実験を演説から舌の根も乾かぬ翌54年の3月に、ビキニ環礁で行うのがアメリカ、ブラヴォー実験と名付けられたが、故意かどうか、ブラヴォーの語源はラテン語の「野蛮な」とか、え、もうどこまでやれば気がすむのじゃ、殺される側の私たちは笑うしかない

核兵器を造り、しこたま儲ける死の商人、原発を造り、しこたま儲ける原発推進派
どうですか、後者は肯定、前者は否定
それだと核の歴史と矛盾しますが
時代は変わったのだ、原発は当初の目的はそうであったかもしれないが、原子力の平和利用として今
では定着している
でも、プルトニウムの精製に執着しているようですが
あれはあくまでも原発の燃料だよ、変な勘繰りはやめてくれ
それはレトリック、科学の世界の話ではなく政治上のご都合主義
「フクシマ」で安全神話が崩れた今でも、人の噂も75日に加えて、低線量地帯に住んで汚染食料を食
べていても症状が出るのは数年先、十数年先とかになるので東電・政府にとってなにより都合がいい、
子どもが大人になる頃にばたばたと、若者が壮年になる頃にばたばたと、働き盛りが定年後の人生を
送ろうとする頃にばたばたと野垂れ死に、こりゃ大変だと驚いてみせる政府だが
　お前が悪いのだと言われ詰め寄られても、やせ細った腕に暖簾の取り合わせ
どこまでいっても頓珍漢な押し問答
「文句があるなら、しょ、しょ、証拠を」
「そんなもん、あるか」
「はなしにならん」
「なにを、証拠はこの身体だ」
あほくさ、日本は法治国家だ、変な言い掛かりを付けて脅そうとするなら警察をよびますよ、身体の
具合が悪いのなら病院へ行ってください、なにか風土病にでもかかったのかもしれない。

これでは自衛策を取らざるを得ない
外出時には特製のマスクをしたり、腕が露出するのを避けて夏でも長袖であったり、食品の産地を確認したり、レストランでこの食材の産地はどこかと尋ねたり、エアコンは外気を取り入れるので扇風機で我慢するなど
数え上げたら切りがないほど放射能との不断の戦い
しかし、こんなことを死ぬまで続けられる人はめったにいない
人はおうおうにして未来に生きるのではなく今に生きる
「今と行く末」とは非連続の連続で繋がっているといえるが、汚染された地にあっては、行く末と一本の太い線で繋がっている。
スターングラス博士に瞠目すると
博士が、１９６０年代から原子力の本場アメリカで核実験や原発による低レベル放射能の影響を訴え続けてきたのも
それは、「短期間で高レベルの外部被曝」と「長期間で低レベルの内部被曝」とでは、「放射線の被曝量による人体への影響は比例しない」との理論に基づいていた
従来、「線量率硬化」といって、１００のダメージを１００回に分ければ、その間に身体は回復するので総合的なダメージは１００以下である、よって低レベルは無害である、と考えられてきた、確かに傷ついた細胞には修復作用が働く、
博士はこの捉え方を否定したのだ
分りやすい例を挙げている
「１００人の人に一度に蹴られてボコボコにされる」のと「一人の人に１００日間つきまとわれて毎日

1回蹴られる」のとでは、後者の方がダメージは大きい、と
このことから、X線や原子爆弾のように集中した強い放射線よりも永続的な低レベルの放射線の方がダメージは100倍から1000倍も大きいことが判明したと述べている
ここで閑話としてもおもしろきことの一つ
農水省のホームページに「各国における日本からの食材の輸入措置」（2012年8月27日現在）が掲載されはしたもののあたふたと削除されてしまったこと
しかし、世間は広い、ちゃんと保存しネットに転載してくれる人がいたのだ、見てみよう
「フクシマ」直後の2011年5月に、日本の食品等の輸入規制措置を講じていた国は38ヵ国、それが2012年8月には43ヵ国、増えているではないか
産地は東北、関東に限定している国が多い。
では、国内はどうか
野菜や魚などは品目ごとに一部を抜き取って検査しているだけなので、店頭で売られている、ヒラメならヒラメのすべてが基準以下というわけではない
野菜は洗ったのち検査しているので低めに測定された数値が表示されている
これは徹底すればいいだけのことだが、人的・時間的・費用的に難しい面がある、だからといって放射能まみれの食品を売っていいというわけでは勿論ないが、
時間が経つというのは忘却をも意味し、人の性で、食べて応援も意味をもってきて、今では食の安全をとやかくいう風潮はかなり薄れてしまった、これでは水産庁がのたもうた「魚は生物濃縮（註 ある種の化学物質が生態系での食物連鎖を経て生物体内に濃縮されてゆく現象）しない」との大ウソも息を吹き返すかも知れない

しかし忘れてはいけない、日本の食品の輸入規制措置を講じている国が増えていること、外国から輸入禁止にされていて、不十分な検査体制であれば、それらの食料品を私たちは日常的に食卓にのせていること、土壌の汚染や海・川・湖・地下水などの汚染はこれから本格的になり、野菜類や魚などに生物濃縮されていくことを

果てしのない放射能との戦いは半永久的なのだ

安全神話に代わって姿を見せたのが「シーシュポスの神話」

私たちは今「フクシマ」なる不条理な舞台にいることを自覚しなければならない

大きな岩を頂きに運び上げてもその途端に石は転び落ちる

また運び上げても転び落ちる石

しかし、ここで

ちょっと目には永遠の繰り返しに見えても、読書百篇義自ら現わるで、そっくり同じ繰り返しでない事にも気づかなくてはいけない。

岩を頂きに据えることの出来ないわけに思いをいたせばみえてくるものがある

そうしてみると

東電の代弁者である大橋東大教授が常々言っていた、微量のプルトニウムであれば飲んでも身体にいいとの説があるにはあるが、そんな説は一顧だにしないでいいということだ

「フクシマ」以降は、常に内部被曝の危険にさらされていくことになる、これが決定的に３・11以前と違う、このことを常に心に留めておかなければならぬということだ

「ヒロシマ・ナガサキ」はどうだったのか。

ジョージ・ウェラー記者が長崎で「戦争の負傷者が死ぬのは見慣れていたが健康そうな人々が次々と

死んでいくなんて初めての事だった」「患者たちは皮膚にケロイド一つないのに次々と死んでいく」と、説明のつかないことに途惑った

また、世界で初めて外国人ジャーナリストとして広島に9月3日に入ったバーチェット記者が病院で見た「原爆が街を壊滅させてから30日が経過してもヒロシマでは人々が次々と恐ろしい死を迎えている。〝原子病〟としか表現できない未知の何かが原因で」の説明がつかない

これらの真相は、マンハッタン計画の責任者の一人であるファーレル准将が9月3日に来日し、明らかにされる

1945年7月に世界で初めて行われた核実験で、放出された放射性物質が深刻な健康被害をもたらすであろうことをアメリカ側は承知していたもののファーレル准将は残留放射能を全面否定した「広島の廃墟に残留放射能はない」「広島・長崎には死ぬべき者は全員死亡し、残留放射能に苦しんでいる者は皆無」だと

そして、隠蔽するために、原爆の惨状に関する報道の禁止、放射能障害の治療法を模索している医師を弾圧、国際赤十字社の受け入れ拒否などを行った

一方では、被爆者のケロイドの状態、臓器や血液や体毛や乳房の発育状態などの調査をおこなっている、これは無論被爆者の治療のためではなく、動物実験のように被爆後の症状の経緯を観察し、被爆の人体に与える影響を研究するためであった、担当した機関が悪評の高いABCC（原爆障害調査委員会）である、現在それは「放射線影響研究所」として受け継がれ、被爆者はやはり人体実験の役割りを担わせられ、追跡調査の対象となっている

当時は占領下であったので、日本としてはいた仕方のない一面もあったかもしれないが、戦後70年経った今なお、

アメリカが「黒い雨」や「死の灰」などの残留放射能による健康被害を否定し続けているのは当然としても、驚くべきことは、
１９５１年に締結されたサンフランシスコ講和条約で曲がりなりにも独立国家となった日本、私たちの政府が同じ方針を取り続けていることである
ただ、被爆者の切実な要求に重い腰を挙げ、救済策は取り始めていた
１９５７年のことだ、原爆投下から12年、占領軍から解放されて６年、「原爆医療法」が制定され、国費によって被爆者の健康診断と治療とが行われるようになった
該当者には「被爆者健康手帳」を交付したのだが、対象者の審査が極めて厳しかったため、約20万人にとどまった、一番多かったのは１９８０年の約37万人
しかし生活補償などは行おうとはしなかった。
その後、11年経って
１９５６年に結成された「日本原水爆被害者団体協議会」の要求などがあって、68年に「原爆特別措置法」が成立、これによって、微々たるものだが、特別手当・健康管理手当・介護手当が支給されることになった、支給額の一例を挙げると、全体の86％を占める人の健康管理手当は月３万３９００円（２００５年７月現在）
これが広島・長崎の犠牲者に対する国の姿勢であり、今なお約20万人の人たちが「被爆者健康手帳」を持っている
「ヒロシマ」では、「残留放射能はない」とされながら、放射能で晩発性被曝症を発症し死んでいった人が２０１４年末で約15万人いる
私はこの現実にどう向き合えばいいのか

思い出す、大学受験の前夜、仙台での宿で、4つほど年上の受験生に風呂にいこかと誘われた
湯気でもやった洗い場で、背中や、
そこには大きく引き攣ったケロイドが2本、走り、うごめいていた
風呂からあがった彼は女中さんと夜の灯りに消えた

スターングラス博士によると
外部被曝の100から1000倍に相当するのが内部被曝だということだが、最小の100倍として、宝塚の空間線量が毎時0・073マイクロシーベルト、それの100倍が内部被曝で7・3マイクロ、合わせて毎時7・373マイクロ、年に64・5ミリ、これは、なんと基準値を遥かに超え、約64倍にもなる汚染度
ほんまかいなあと疑うものの、
コメや野菜や魚などにおいて行われる生物濃縮、それらを口にした私たちの体内に蓄積される放射性物質、確かにどんどん蓄積されるであろう、ホールボディカウンターで計測できるのはガンマ線だけであるうえ、ひとの食生活はてんでんばらばら、おおまかであっても目安となるものはない、となれば、少なくとも現状においては、被曝の実態は闇のなか
それには矢ヶ崎元教授の話をもう少し聞いてみよう
矢ヶ崎元教授は「内部被曝を認めるかどうかの差で、(これまでに被曝死した人の数も)ヨーロッパ放射線リスク委員会(ECRR)の6500万人を超える人が亡くなったとする説と国際放射線防護委員会(ICRP)の117万人だというのでは、犠牲者数の差が余りにも違い過ぎる、日本はICRPに準拠しており、内部被曝を認めていない。内部被曝がないかあるかということよりも、法的に内部被曝

を認めると大変なことになる」と、
これは、内部被曝を認めてしまうと、国策として行っている原子力政策が立ち行かなくなるということ、具体的にはアメリカを裏切って内部被曝は「無き者」ではなくなるということ、
このことによって引き起こされる日米間の軋轢を、安保条約を軸にして乗り越えられるかどうか、そんなことを優先して考えるのが政府だ
内部被曝が不明のまま、どんどん積算量が増して、ある日突然、髪の毛がばさっと抜ける、鼻血が出て止まらなくなる、だるくて起き上がれなくなる、下痢と便秘の繰り返しがいつまでも続く、などなどに対して知らん顔、「フクシマ」が起きてから随分と日が経つ、空間線量も下がってきていることだから、放射能の影響とは考えにくい、何か食あたりするものでも食べたのじゃない、ストレスで髪の毛が抜けるって話はよく聞くね、花粉で鼻がむずむずするので思わず掻きむしったりするだろ、その時にあちこちの毛細血管を傷つけたのと違う、
もういい、与太話はそれくらいにして、
対アメリカ戦略を見ている限り、とてもじゃないが勝ち目はない、やはり対米従属国家であると思わざるを得ない
日本が独立国家だというなら米軍の基地があること自体がおかしな話だ、基地は実質的にアメリカの領土で、基地に対するお手当、名付けて「思いやり予算」など、年に5197億円、領土侵害やお手当だけじゃない、横須賀基地に配備されているジョージワシントン君は原子力空母、「核兵器を持たず、つくらず、持ち込ませず」の国是「非核3原則」がいくら形骸化したとはいえ、ジョージワシントンは横須賀のアメリカ海軍施設が母港になっている、搭載している2基の原子炉は合わせて出力40万キロワット、これは福島第一原発1号機とほぼ同じだとさ

原発が安全だ、安全だというなら東京の新宿に建設しようと、広瀬隆氏が「東京に原発を」を1981年に発刊した本で、提唱してから27年後の2008年に、東京近くの洋上に「空母型の原発」がアメリカから贈呈された。広瀬氏も苦笑しながらこのビッグニュースを聞いたと思われる

それまでも「核を持ち込ませず」に関わらず、ライシャワー元駐日大使も「日米間の了解のもと、米海軍の艦船は核兵器を積んだまま日本の基地に寄港していた」と述べているように「持ち込み」は常態化していたわけだ、知っていた

記憶が蘇る、一体なにしてんだ

寒い神戸港に集結し、原子力空母エンタープライズに向かい、ゴーホームヤンキーと声を荒げていた、1961年に就役させた世界初の原子力空母だよ、エンタープライズってのは、「日米間の了解のもと」と、なんか合意したかのような綺麗ごとにみえるが、本当のところは、「米が日に了解させた」と言わなきゃ、そうだろ、非核3原則を国是にした功績などでノーベル平和賞を授与された佐藤栄作総理が同じ口で、アメリカに対して、「持ち込んで」結構ですと申し出ていたわけだよ、悔しいね、証拠を摑めなかったなんて

後日、当時のニクソン大統領との間で、佐藤総理が沖縄に核兵器を持ち込んでも結構ですとの密約を交わしていた公文書があった、これでいろいろあった疑惑の多くが事実で、佐藤自身が非核3原則などナンセンスとも言っていたということで、御多分に漏れず二枚舌の売国奴だったということが判明した。時が解決するとはこのことだが、後の祭りだ、相棒よ、ことごとく不発だ、平和賞を剝奪せよとの動きも不発に終わった、アベ総理の大叔父にあたる、岸信介元総理と兄弟

ひとのことは言えても自身の事は口を塞ぐのでは身勝手になるので調べてみた、

1968年1月に「佐世保エンタープライズ寄港阻止闘争」とある、135人が警備の警官隊との衝

突で重軽傷を負うといった激しい行動が展開された、とある、あれ、神戸港じゃない、確かに警官との衝突はなかったな、寒くてかなわんかった、これはよく覚えている、ヤンキー帰れ、これも幾度なく叫んでいた、アメリカ憎しよりも寒さ対策で叫んだり、そこら辺りをわっしょいとやっていた
売国奴に手玉に取られて、躍り狂っていた青春
矛先の半分以上のエネルギーは自民党政府に向け、残りは内なる敵と戦っていかなければ皮相的な世に籠絡される
国民のひとり一人が仕合せである社会、どうすればその仕組みを造ることができるのか、それを担う政治、その要となる総理が腐ったリンゴであるならば、これはもう有無を言わせず即刻に取り除かねば、腐敗は外へ外へと目にもとまらぬ早業で浸潤の輪を拡げ、腐臭のただよう社会にしてゆく
腐ったリンゴを食べないようにするにはものを見る目を常日頃心掛けて養う
平凡なようにみえるが、これしかない
川端康成の「末期の眼」がそれに近いかもしれない
末期の眼で、もう少し放射線の人体に与える影響について、両者の違いを具体的にみてみると
ＩＣＲＰは、チェルノブイリでは瓦礫の片付けに従事した労働者のうち30名が死んだとした
ＥＣＲＲは、ＩＣＲＰは内部被曝による放射線リスクを余りにも過小評価している、と
例を挙げると
ＩＣＲＰは、イギリス・フランスの再処理施設周辺・原発周辺での白血病の多発やベラルーシにおけるガン発生率の増加や劣化ウラン弾の退役軍人・周辺住民にもたらした影響について、被曝線量が低すぎて、その原因を放射線によるものではないとの結論をだした
それに対して、イギリスは、大々的に調査したところ、核施設周辺の住民が多く白血病を罹っている

のは紛れもない事実だ、とした
被曝によると捉えるのが穏当だと思われるがどうか
ここは少しややこしいので、山内知也教授の「ECRRとICRPの違いはどこにあるのか」を援用、「スウェーデン北部で取り組まれたチェルノブイリ原発事故後の疫学調査に対する対応において両者の違いが端的に現われている」「11％増のガン発症率が検出」「このレベルの土壌汚染がもたらす年間の被ばく線量は3・4ミリシーベルト程度であり、ICRPのいう0・05シーベルトというガンのリスク係数では到底説明のつく結果ではなかった」と
ICRPは「線量が低すぎるので被ばくの影響ではない」と結論をだした、と山内教授が解説する。
ICRPは0・05シーベルト、これは50ミリシーベルトで、これ以上の線量からは被曝の影響がある。3・4ミリ程度では放射線による健康被害などないと断言しているのだ、
私たちの政府がICRPに準じているということは取りも直さず、福島第一原発周辺でガンや白血病などが多発しても、その地域の土壌汚染がもたらす年間の被曝線量が50ミリシーベルト以下であれば、それは、「フクシマ」の放射線によるものではないということになる
な、なぜだと詰め寄っても
それはきみー、世界的な権威・ICRPが年50ミリシーベルト以下の低線量被曝ではガンや白血病などにはならないとおっしゃっているからだよ
どうやら核心部が見えてきたようだ
内部被曝・低線量被曝・晩発性被曝、この三つがキー・ワード
都合のいいようにこじつけてはいけない
利害得失でなく、「いのち」を基にして考える、それだけで見えてくる

それでは、ＩＣＲＰの目に放射線に照射される体内が見えるようになるのはどういったケースか

低線量・低線量率放射線被曝に伴うがん死亡の生涯リスクについては１シーベルト当たり５％、１ミリシーベルトにすると０・００５％

一般公衆10万人が平均１ミリシーベルト被曝すると、この放射線に起因する生涯がん死亡数は５人、

これがＩＣＲＰの説である

福島では20ミリが許容被曝量にされた、人口約２００万人、５年間福島で暮らせば、積算量は１００ミリ、ということで１万人が「フクシマ」に起因するがんで死んでいく

ここで忘れてならないのは内部被曝、１万人の死者は外部被曝をもとにして算出したので「片手落ち」もいいところ、内部被曝が外部被曝の10倍だと、犠牲者は11万人となる

そんなあほな、お前の思い過ごしだと思わず叫ぶ人もいるだろう、私もせめて１万人の犠牲者でおさまって欲しいと切に願うひとり

でも、数値は冷酷

思い出してください

ＩＣＲＰはチェルノブイリの死者は30人だとの見解、多くの機関が１００万人は亡くなったとの説を述べても、ものともせずに、

また、矢ヶ崎元教授が内部被曝の有無で、今までに被曝死した人が、ＥＣＲＲは６５００万人だと、ＩＣＲＰは１１７万人だと、これほど大きな差がでる、と

それでも、ＩＣＲＰは同じ被曝量の場合、外部被曝と内部被曝の危険度は同じであると、最近認めているので、「フクシマ」の積算被曝線量が５年間で１００ミリになれば、１万人と内部被曝の１万人の合計の２万人が「フクシマ」の影響でがんになり、死亡するということになる、２万人の死者、こ

れだけでも大変な事態だ
私は、知り得た事をもとにして、それ以上のことはもう「かん」だが、内部被曝は外部被曝に比して5倍くらい、人体に対する影響があると思う、そうだったら福島県の犠牲者は6万人
ただ、私が懸念しているのは日本がますます汚染列島になっていくことだ
原発事故が起きた際の鉄則、放射性物質は封じ込め、拡散させないこと、これが国際的な原則である、ところが、政府のやっていることはわざとではないと思いたいが、全く逆で、拡散させている
放射性物質の付着した瓦礫をわざわざ北九州まで運び、そこで焼却する。焼却炉にはバグフィルターを設置してあるから大気中に放出される心配はないとの言い分であるが気体状態になったセシウムはバグフィルターでは捕捉出来ないと言われている。既に周辺の住民からは咳が止まらないとか、鼻血が出るようになったとかの苦情が寄せられている
放射性瓦礫は一般焼却炉で処理してはならぬ、焼却すればセシウムの漏洩は大量で、付近一帯が汚染地となる
福島第一原発から2キロ離れた国道6号線も開通させた、車に限定しているが、これがまた放射性物質を各地にまき散らすことになる、車のフィルターには嫌というほど付着する、勿論マフラにも、ボデイにも、通過するだけで放射能まみれの車になり、あちこちに放射性物質は撒かれることになる
他にもいろいろある、このようなことをしておれば放射性物質は日本列島にばら撒かれていく
ここまでは外部被曝についてだが、厄介なのは言うまでもなく内部被曝の方
これからは内部被曝に日本列島に住む者は日々襲われる、外部被曝については、「フクシマ」がなんといっても汚染度がひどく、遠ざかるほど被曝は少なくなると概ね言える
しかし、内部被曝はそうはいかない、距離は関係がなくなる、地産地消は言われているほど行われて

いない、私たちの食生活は全国に張り巡らされた流通網によって、基本的には同じ食材を使った食事をしている。それゆえ、仲良く概ね平等に被曝していく
私の家では週に一度コープ神戸から食材の配達を受けている、長野産のりんご、福島産の桃、鹿児島産のワカメ、熊本産の黒毛和牛、秋田産のハタハタ、三重産のカキ、ロシア産のシシャモなどなど、
今、一般食品の安全基準は１００ベクレルと国は定めている、１ベクレルとは原子核が１秒間に１回崩壊して放射線を出すことなので、１００ベクレル汚染された食べ物を口にすると、１日に至近距離から８６４万本の放射線を浴びることになる
福島県では地産地消とかで、教育委員会と農協などが話し合って学校給食に地元産の食材を使うことにしたとか（註　ウクライナの野菜の基準値は40ベクレル）
どうですか、この程度の内部被曝なら許容せざるを得ないですか、１年では８６４万掛ける３６５日ですよ、１００ベクレル汚染された食べ物は一品だけではないでしょう、翌日の食物でもまた増える、もう無数の放射線に照射されるとしか言いようがない
核実験やチェルノブイリなどの事故による残留放射性物質、また原発や核関連施設などから日常的に漏れ出る放射性物質によって、既に汚染されている現実を前にしても、やっぱり被曝なんか嫌やと思っても、ある程度は放射能を受け入れるのもしゃーないなあとなるのですが、それでも私はいや、
レントゲンを拒否する人は先ずいないだろ、ただＣＴとなると少し事情が違ってくる
私は頭痛の専門医にかかっているが、脳に異常があってこんなに頻繁に偏頭痛が起きるのかと、ＣＴの画像診断を申し出たことがある、医者曰く、身体に悪いからやめとこ、リスクをおかしてでもやる価値があるかどうかだけの至極単純な問題だ
レントゲンなり、ＣＴは「原子力の平和利用」となるが、被曝以上に医療的に便益を受けるのだから

致し方ないというロジックがここには成立している
有り体に言えば、人類を滅亡させる放射性物質を後先のことも考えずに政治・経済の枠内に取り込み、被曝のリスクと便益性の関係に矮小化させたので、「原子力産業」には常に胡散臭さが付きまとう
ICRPが先導役を果たしている面を軽んじては取り返しのつかないことになる
リスクがカムフラージュされ、原子力産業を利する方にと傾いていく
面白いことに、ICRPが見本をみせてくれたことがある、
1980年代後半に原子力産業界の圧力に屈し、被曝でガンになるリスクを実際の半分に減らしていた、今は深く反省している由で、それはそれでいいのだが、「科学的」というなら、なぜ内部被曝に関して、もっと「科学的に」究明しないのかと不思議に思うのは私ひとりであろうか
チェルノブイリの事故が起きるまでは、大量被曝の統計的な基本データになったのは広島・長崎の被爆者、約12万人の健康調査から得たものである
ここで万に一つも失念してはならぬのは、「内部被曝は無き者にされた」ということ
何ら治療もせず、放射線による疫学調査・研究だけを行っていたアメリカの「原爆傷害調査委員会（ABCC）」、それを受け継いだ日本の「放射線影響研究所（放影研）」
放影研も当然「調査・研究」をおこなっているのだが、私にはこれがどうも「科学的」とは思えない、
同じ広島・長崎の調査データを用いて
1シーベルト当たりのリスク係数はどうか、とみてみると、こんな有様だ
ICRPは　0・05（5％）
放影研は　0・1　（ICRPの2倍）（これによると、死者は4万人となる）
ゴフマンは　0・25（ICRPの5倍）

(註) ICRPは、放影研のデータをもとにしている。広島では爆心地から2・5キロ以遠での被曝は5ミリシーベルト未満とされたが、脱毛、下痢、紫斑などの症状がみられた。これらの症状を外部被曝が生じさせるには1シーベルト程度の線量が必要となる。5ミリシーベルト未満の外部被曝では、これらの症状はでない、残留放射物から1シーベルトに相当する内部被曝を受けたと考えられる。

栗原登氏や沢田昭二氏は、こういうことからICRPは2・5キロ以上遠くにいた被曝者の受けた内部被曝を全く考慮しなかった。放射線のリスクを10分の1に過小評価している、と

(註) ジョン・ゴフマンは原爆製造のための「マンハッタン計画」のメンバーの一人であった。アメリカの原子力委員会の要請により、リバモア研究所の副所長に就任し、生物医学研究部門を設立した、放射線による人間や生物に与える影響の研究の結果、「低線量放射線の影響が少なくとも20倍は過少評価されている」との結論に達した

これは、原子力委員会の意に反するものであった

なお、年齢により放射能の影響は異なり、同じ量の放射線を浴びても子どもの方が影響の度合いは大きい、例えば10歳の子は55歳以上の大人の200倍以上の影響を受けるともゴフマンは主張

ゴフマン教授は学者として当然のことをしただけなのだが、ゴフマン教授の説では不都合なアメリカの「原子力ムラ」はゴフマンの切り捨てにでた、今まで150名ほどいたスタッフの削減と年間300万ドルの巨額な研究費の打ち切りへと

ゴフマン教授にしてみれば「本来の科学的」な意味で、「低線量被曝といえども危険極まりない」と言ったのに過ぎない

しかし、払った代償は大きい、リバモア研究所を辞めることとなり、数年後にはカリフォルニア大学の教授職も辞することとなる。その後は反核の市民運動家となる

言わずもがなで、あな恥ずかしながら、あえて言うと

ゴフマン教授は何もこんなあほらしい代償を払ういわれなど何もない
おかしいのは、原子力委員会に圧力をかけて、委員会にスタッフの削減と研究費の打ち切りをさせた「アメリカの原子力ムラ」の方だ
だが、不条理であろうが何であろうが、これが現実なのだ
「ヒロシマ」はどうか、犠牲者約29万人のうち、1945年末までに即死または急性被曝で亡くなった約14万人を除いて、46年以降も生き永らえた15万2325人の人（2014年8月現在の原爆死没者名簿より）も月日が経つにつれて晩発性被曝の症状があらわれ、悪化し、死んでいった
広島市内の空間線量は、800グラムのウラン235が核分裂を起こしただけなので大した放出量でないうえに、キノコ雲に混じった放射性物質は高度16000メートルにまで達した後、南東の風に乗って日本海の方へと拡散していったものもある、更に原爆投下1カ月後の9月に襲った枕崎台風で1500名の犠牲者を出し痛ましい限りであるが、反面、放射性物質を洗い流し海へと運んでいった、トルーマン大統領が広島には今後70年、草木一本生えないだろうと言った、私も、子どもの頃、そう聞かされていたが、夾竹桃が芽吹いたと聞いて、なんか素直に喜べない変な気持になった、疑問のままほったらかしにしていたのを「フクシマ」が起き、「ヒロシマ」の残留放射能の事を考えざるを得なくなるとは、なんとまあ、ええ加減な私であるが、今更ながら驚くのは、この程度の残留放射能で2014年8月現在で、15万人余の人が殺されたということ
15万人余の人は内部被曝によって亡くなったと捉えるのが自然であろう、「いのち」の問題だから屁理屈はよしてもらいたい
69年の間に被曝以外にもなんか他に死因となるものがあったのじゃないかと言いたいのであろう、何とでも考えられるが、赤ん坊か子どもの時に被曝しているのだ、今の長寿社会では50や60歳で亡くな

るってのはどうか、被曝していなかったら、もう10年くらいは息災であってもおかしくない、被曝が
寿命を縮めたと捉えてもいいと思うがどうだろうか
広島で学生生活をしていた母の従弟は還暦を迎えるや死んだ、
今、死因の1位はガンである
年齢別にみれば、15から39歳では残念なことに自殺が最も多い
ガンがトップにくるのは40から89歳、
人が亡くなった、お気の毒に、で、なんでしたの、ガンです、やはりそうですか、となる
「何ら」かの原因で細胞が変異して増殖を重ね周辺の組織を破壊し腫物となる
これを称してガンといっているのだから、「何ら」かが本来の死因だ
現在の医学では、それを特定できないので便宜的にガンを死因にしているだけの事だ
それで、厄介な、この「何か」だが、真っ先に挙がるのがすっかり悪者にされたタバコ、次いで百薬の長も形無しになった酒、そして医者に病気の原因を聞くとよくストレスだと言われる、この便利屋のストレス、あと石綿とかピロリ菌や遺伝子、そうそう放射線もだ、こういうものは一応もっともらしいが、肥満・肉・食塩・熱い飲食物・ご飯の焦げなどになってくると、もうガン死する覚悟で日常生活を送らなければならなくなる
ともあれ死因はガンだと言われたら、ああ、タバコだった、ああ、酒の飲み過ぎだ、私は肥りすぎて死ぬことになったわ、子どもの頃からお焦げが好物でいまだにお釜で炊いていたのが命取りになったのね、もういいだろ、書いていて馬鹿らしくなる
こうみてみると、死因として放射線なんか真っ当に思える
私たちは知っている、「ヒロシマ・ナガサキ」の惨劇を

放射線がひどい遣り方で私たちを殺す事を、
私は放射線で死んだ、何いってんだ、他に死因となるのがあったのだよ、こういう事を言う人は私の前に顔を出してほしい
やはり15万2325人の犠牲者は少数の例外を除いて原爆投下の際に体内に取り込んだ放射性物質による人体への影響が原因だ、こう考えるのが穏当ではないか
「フクシマ」ついては
今後50年間に200キロ圏内で暮らしている人でガンの過剰発生は、ICRPは約6000人、ECRRは42万人と予測している
これはガンによる死者（ICRPは2万人のはずだが、福島県と200圏内とでごまかしているのか）
被曝といえばガンと、ここでも目くらましにあっていることに気付いてほしい
被曝死に占めるガン死は2割、2割なのです、脳梗塞など他の疾病の方が圧倒的に多い、つまり放射線はあらゆる病気を引き起こすという事を忘れてはまた誤魔化される、と、いうことで、ECRRの予測では5倍の210万人となり、ICRPは3万人
今ではどんなに微量であっても被曝による人体への影響はあるとICRPも認めたのだから少しは日本政府に言ってよ
それにしてもいつも思うのだが
大腸がんでお亡くなりで、それはそれは、いえ、もう心の整理が付きました、ただ、お医者さんのことで釈然としませんで、何かありました、いえ、大腸ガンになんか、なぜなったのでしょうかとお聞きしたら、お肉の食べ過ぎだと言われまして、肉好きだったのですか、いえ、高くて月に1、2度くらいですと、ここまではいいのだが、折角の疑念を実らせることなく終えてしまう人が多い、

ダイオキシンなどは発がん物質として問題となり、いろいろと対策が取られてきた、やればできるのだ、枯葉剤を米軍が撒き始めてからどうも奇形児が生まれる、おかしいと思いながらもそのまま見過ごしておれば、毒性があり、発がん性があることも不明のままであっただろう
放射線が、あるいはPM2・5（これは、煤煙・車の排ガスが主）が、アスベストが、たばこが憎い人はたばこが死因ではないかと声を挙げなければ、「事実」が隠されてしまうことになる
なに、放射線で殺された、許せん、こんなバカことがあってたまるか
ガンで死んだと放射線で死んだでは遺族にとって意味合いが天と地ほどに違ってくる
ICRPがチェルノブイリの死者を30名とし、たいした事故ではなかったことにしたいのは、原子力産業に対する風当たりを避けるための単なる政治的判断であった、と見なしていい
煤煙や排ガスなどの問題も根っこは同じで、
経済的活動には常に政治が絡んでおり、健康上のリスクなどは社会的弱者におっ被せてくる
事業でも投資でも、ハイリスク・ハイリターンでなければ大きく儲けることはできない
そこで、リスクを棚上げにし儲けだけを得ようとするから「金で動く政治」の出番となる
これで役者は揃った、わしは儲けるひと、わしは便宜を図るひと
私たちはいつもババ摑み
しかし、リスクを押し付けられてババ摑みばかりさせられているのを避ける方法が実はある、便益性を捨てればいいだけのことだ、もしくは自然と共存できる範囲内に欲望を抑制すればいい、
自家用車一つにしても、例えば10軒で1台共有、個々の不便さをなくすように工夫しながら車を利用すればいいだけのこと、そうすれば確実に自動車産業は縮小し、それに群がる政治家、行政の旨味は薄れ、やがてはそこに巣食う利権構造は崩壊する、これだけでも財政の健全化や汚い金の払拭が図れ、

空気も澄んでくる
ところが、どんな意味においても、どんなに詭弁を弄そうが放射能はダメだ
放射能をリスクとして捉えること自体が間違っている
原発は核兵器だ
バカ言っちゃ困る、医療にはなくてはならない、農業にも、工業にも利用されている
遺伝子組み換えの作物なんぞ喰いたいかえ
放射能は人類を滅ぼすのだ
わしの国の民はわしの奴隷だといって民を皆殺しにすれば、元も子もなくなる
だが、放射能はそれが出来る
人間が生み出した最強で、最悪の存在
カミ様が仕掛けたウラン鉱石に手を出してしまった欲ぼけな私たち
それでも、今なら、まだ、間に合う
私たちの先つ親が手にした火は
カミが与えた「原始の火」
「原子の火」は業火
産みの苦しみを背負って私たちは生を受ける、
花開く春は冬の寒さに耐えたから迎えることができる
寿命があるから今を生きる歓びがある
それなのに「原子の火」に手を出した
人殺しと金のために

カミでない私とて、満腔の怒りをもって「原子力ムラ」を弾劾する

とかく問題のあるＩＣＲＰであるが、世界の多くの国がＩＣＲＰの提唱する年間１ミリシーベルトを許容基準にしている

「フクシマ」が起きた今、逆に年に20ミリに緩めたことは、同時に、人体にもろに影響のある食べ物や飲料水を食す環境で生活することになったのだということも意味しているのを忘れては命取りになる

単純にいえば、１年間で20の２倍で40ミリシーベルト被曝することになる

ところで、この内部被曝の線量を計測するのは非常に難しく、今のところ体内にある放射性物質を測定する装置としては、ホールボディカウンターしかない

検出可能な対象はマンガン54・コバルト60・セシウム１３７などガンマ線を発する核種だけだ、プルトニウム・ウランなどのアルファ線、ストロンチウム90・トリチウムなどのベータ線、ガンマ線よりも重度の障害を引き起こす中性子は検出されない

ホールボディカウンターの計測した数値は内部被曝の一部でしかない、実態はもっと深刻であるということになる

情報がなければ存在はない

意図された情報は意図された存在を現出する。

そしてまた、情報はまことに格好の利権の温床となる

海外からは年に20ミリシーベルトなんて考えられない、気が狂っているのかと非難されても、それは

計算のうち
あれやこれやと着実に手は打たれていく
内閣府原子力災害現地対策本部が福島県などに675台設置したモニタリングポストで測定した空間放射線量値を公表しているが、あろうことか、低く数値が表示されるように小細工がなされていた、どうも公表されている測定値が低すぎるとの声を受けて、「市民と科学者の内部被曝問題研究会」が調査してみると
モニタリングポストの設置されている付近は集中的に除染されており、そこより少し離れた所で測定すると突然1・3倍から1・6倍ほどの数値を示す、また測定計器の指示値が作為的に10％から30％低くなるように設定されていることが判明、こういうことで
郡山、相馬、南相馬では30％から65％も低く表示され、その数値が公表されていることになる、文部科学省に抗議すること、幾たびとなく、
不承不承に検出器周辺に設置したバッテリー等が一部（放射線を）遮ること等によって実際の空間放射線量より1割ほど低めの値を計測することになっていたとし、是正するとの回答があった
それでもう、ことがすんだと平然としている。
1割どころではない、30％も65％も少なく公表していたのを何と思っているのか
モニタリングポストそのものの調整の仕方によって、20％以上低めの数値が表示されるのは是正されることなくそのまま
そもそも文科省はモニタリングポストの発注にあたって、国際的に決められた基準幅以上のブレを要求してきた、そういった不正を拒否した業者とは契約しなかった、在庫を抱えさせて倒産に追い込むためである

「研究会」の科学者たちは身銭を切り、手弁当で時間をやりくりしながら675台が正しく計測し正しく公表されているのか監視しているが、資金不足、人手不足でなかなか全部とはいかない
一方、政府側は税金で全てを賄っているわけだから好きな時に好きなようにできる
ほとぼりが冷めた頃に元に戻すことは今までの例からみても明らかだ
こういうことで、1割程度は実数値に近づいているが、まだ20から55％も実際の数値より低い数値が公表されているので
福島市の場合、毎時2・5マイクロシーベルト、年21・9ミリと公表されている計測値は、本当は3から3・875マイクロ、年では26・28から33・94ミリとなる
年に21・9ミリなら基準を20ミリにしたので気にするほどの数値でもないということになる
しかし、これだとううん、5年経っても公表値では109ミリだ、が、本当の数値、3マイクロでは5年では131・4ミリ、3・875では169・7ミリにもなる
どうだろう
ウソの数値では109ミリ、100ミリを超えると白血病を発症する危険性があるといわれているが、109なあ、まあいいか、となるかも知れない
しかし、131・4ミリとか、まして169・7ミリともなると不安が募るのではないか
それにそう、内部被曝、これもあったのだ、どうしようかとなって、食品に今更ながらでも気を付けたり、しゃーない転居でもするかと、何らかの対策をとり、白血病にならないように気をつけるしかない
全くもって政府はなにを考えているのだ、怒りも露わに怒鳴り散らす人はまだいい、多くの人は政府の公表値を信じている、そうこうしている内に白血病を発症したりすれば、これはもう二重の意味で

気の毒としか言いようがない
立派な傷害罪で、死ねば致死罪が成立する
しかも確信犯だ、そう、紛れもなく政府はモニタリングポストをつかって傷害致死に当たる行為をはたらいていることだ
「原子力ムラ」の利権を守るためには手段を選ばずということか
東電は政府に守られ、両者は一体となって
国民の「いのち」までも犠牲にして、「フクシマ」が起きようとも原子力産業を守ることしか頭にない、転んでもタダでは起きないヤカラだ
汚染地で暮らしておれば、外気を吸い、水も飲み、いくら食べ物に注意を払っていてもそれにはおのずと限界がある、かくしてどんどん放射能漬けになる
それに煙幕を張っているのが、年に1ミリシーベルトの許容限度線量を変更した20ミリの線量単なる煙幕の役割だけに留まっていてくれればいいのだが、密命を帯びているので、コイツが牙をむき出すと私たちにとっては命取りになる
それまでに有効な手立てを講じなければと思うものの、やはり放射能に対しては「逃げる」しかないことを常に念頭に置いて、と
放射線管理区域との比較でもう少しみていくと、そこで働く放射線業務従事者は「放射線障害の防止に関する法律」のもとで、1時間あたり0・46マイクロシーベルト、3ヵ月につき1・3ミリ、5年間につき100ミリを超えてはならぬとされている、これが被曝から身を守るギリギリのライン、私たちはレントゲンを撮る時、セッテングが終わると、技師が慌てて部屋から出て行くのを見ている、まいったなあ、5年間につき100ミリなんて、やはり100ミリが一つのラインだ、しかも内部

被曝があるのだ
ううん、蛙の釜茹でか、これでは年に20ミリの汚染地域に住んでいる人は病院のレントゲン室よりひどい汚染地帯で暮らしていることになる
洗面もトイレも風呂も、そして食事もなにもかもそこですます
初めはこんな生活も変わっていて乙なもんだと強がりを言っていても、次第に身体のあちこちが痛みだし、激痛の果てにボロボロと内臓が崩れ血が噴き出してくる、そして死
3シーベルトでは半数の人が死ぬ、7シーベルトになるとすべての人が死ぬ
福島市で暮らしている人は5年もすれば100ミリを超え、白血病を発症する危機にさらされる、原爆症の町と化す
そんなあほな、おまえはあほかという声ががんがん聞こえてくる
今の福島を見てみろ、どこに異変が起きているのかという声が耳をつんざく
私には近未来の福島市の姿が浮かんでいるのだ
でも、とも思うが
しかし、しかしだ、今一度、目を見開いてみてみると、やはり無惨な釜茹でカエルがあちらこちらでとろんとした目でいる
タイム・ラグに過ぎないのだ
敵は目立った遣り方は決してしない
福島産は勿論のこと東北産も十分に検査をして基準内のものしか出荷していないので安心してくださいと盛んに喧伝している
政府の言うことなどもはや信用できない

検査しているというがほんの一部だ、それに闇のルートで出回っているものもある
産地偽装など以前から当たり前のように行われていたが今は一層ひどくなっている
東北・関東産は少なくとも100ベクレル以上だと思っていた方がいい、加工品や外食時の食事に
高ベクレルの食材が用いられていても防ぎようがない
一部の業者の悪辣なことはいまに始まったことではない
嘘つきはドロボーの始まりは本当のことで、上から下までなんとドロボーの多いこと
いやはや、実に結構毛だらけ猫灰だらけ
日本人初の宇宙飛行士・秋山豊寛さんは福島で農業をしていたが、3・11の翌日、60キロ離れた郡山市に逃げたが、ここでは駄目だと思い、最終的に京都まで逃れた
今は京都造形芸術大学で、マスメディアの影響を受けていない学生に対して、「ゼロから教えるということに希望を見出しています」と述べている
また、「私は本能的に政府当局が守ろうとするもの（法と秩序——その時の統治システム）を知っています。だから私は政府を信用しないのです。日本政府は、嘘をつく方向にありました」と
そう、国家はうそをつく生き物
今に始まったことではないが、本当にそうであり、ウソは国の属性
地の果てどころか、宇宙から地球を見た秋山さんにとっては、地球も特別なものではなく何京何兆あるかわからない星の一つに過ぎないのであろう
政府といっても、70億の70分の1の1億2600万人の16・37%の2060万人の投票で政権の座についていたに過ぎない自民党政権
そして、自民党は自民党で票ほしさに、「その時の統治シテム」に安住する高齢者の、なかでも守旧派

の既得権益を守ろうとする

変化を嫌う者は衰退の道を辿るしかないのに、「今」しか念頭にない自民党政府も、票田である年寄りも、自己欺瞞に陥りながら、年寄りの冷や水を仲良く浴びている

ひとの世は生き物である

生き物である限り、時の流れは齟齬を大きくさせる

齟齬が目に余るほどになると若者が立ち上がる、若者が革命を起こす

家にあっては親子の確執、社会では世代間での価値観の相違などとして現われる

若者の台頭が抑え込まれるか否かによって、その後の社会は全く違った様相を見せる

今のところは年寄りが勝っているようだ

それが放射能に汚染された食材に関する報道をほとんどなくさせている

年寄りは被曝しても今更の感

「フクシマ」の起きた２０１１年度は福島産の農産物の出荷量は例年並み、２０１２年度は２割減であった

放射能入りの福島の農産物は誰も買わないと思ったが、たかだか２割減でおさまっている、これをどうみるか、おそらく２０１３年度は例年並みに戻っていると思われる

私たちはこういう国で暮らしているのだ

第3章　いらだち

原発はわしらも嫌や、けんど、こんな過疎でどうやって暮らせというのや
見て見ないふりをしてやっていくしかなかんべ、どうせよというのだ
都合のいいことしか見ない
これは人の性か
社会の許容できる範囲のことなら、それはそれでいい
しかし、しかしである、「フクシマ」はこの国の未来を賭けた戦いである
我が身と我が子とその次のまだ見ぬ子の幾世代にも連なる「いのち」の連鎖を賭けた戦い。
坐して死を待つ人がいても、それはそれでやむを得ない、だが、薄汚れた金を懐に入れるよりも
「いのち」が勝ると思う人は自ら剣を持って戦わなければ、おのれを許せないであろう
沖縄の人たちが攻めてくるアメリカ軍から守ってくれると信じていた皇軍が自決を迫った、どれほど
の絶望を覚えたことか
そのことを私たちは決して忘れてはならぬ
敵に殺される、理不尽なこととはいえ、戦争ともなれば当然の災厄だと言える
これが戦争の本質だ
しかし、味方の軍に殺される、こういうこともある意味ではよくあることとはいえ、その場に立たさ

れた者の深い絶望と悲しみ
ガマに兵士と一緒に逃げ込んだ母親が泣きやまぬ赤ん坊に手こずっていると、敵に気づかれる、早う絞め殺せと言われ、万やむを得ず我が子に手をかけた母の声なき慟哭。
私たちにどのような感情移入が可能か
水俣病でも同じだ
世界に「ミナマタ」の名で知られ、水銀による公害病の恐ろしさを世に知らしめた
それは、60年ほど前の水俣湾辺りの猫が踊りながら死んでいく、次いで人も同じような症状で死んでいく、原因不明の「猫踊り病」から始まった
１９５８年になって、猫踊りは中枢神経疾患によると解明された
なにごとも蟻の一穴で、それは水俣湾で獲れた魚を食べていたからだと
魚を食べてと、思いがけない事だった、魚に含まれている有機水銀が原因だったのだ
水俣湾に新日本窒素肥料水俣工場（チッソ）が有機水銀化合物を含む廃液を垂れ流ししていた、それを魚介類が体内に取り込み生物濃縮、その魚介類を人が食するという食物連鎖の結果、有機水銀が中枢神経障害を起こすということを原田正純氏ら熊本大学の研究者たちが突き止めた
しかし、原因が特定できてからも苦難の道は続く
例により、チッソは認めようとはせず、経済性を優先させる政府も認めず、日本医学会会頭・田宮猛雄東大名誉教授はそのような事は有り得ないと突っぱねた
苦節10年、ようやく１９６８年に、チッソの廃液が水俣病を引き起こしていると公に認められた
勿論この間もチッソは大量の廃水を流し続けており、被害を拡大させていた
（余談、権力におもねる御用学者なる蔑称が使われたのはこの時を嚆矢とする）

その後、チッソ城下町特有の、お上に立てつくのかと白い目に晒されるなか、病み衰えた身体に鞭打って、損害賠償を求め提訴した112人の勝訴の判決が下ったのが1973年である

原因が分かり救済措置がとられた15年間の苦しい道のり

その頃までに100人の人が死んでいたが、死者を含めて3000人が水俣病に認定

一人1600万円から1800万円の一時金と、年金、医療費の支給が行われた

しかし、これはほんのとば口である

最高裁で、元社長と元工場長が業務上過失致死罪で懲役2年・執行猶予3年の有罪判決が確定したのは1988年

1995年には未認定になっていた患者が国の調停を受け入れ訴訟を取り下げた、患者数12700人、一時金260万円、それに医療費の支給

そして、やっと2009年には水俣病救済特別措置法が成立

世界に知られた「ミナマタ」

不十分ながら一通りの解決をみるまでに半世紀の時の流れが必要であり、患者の生身の犠牲のうえに築かれた救済であった

「ミナマタ」同様に、いや、比べようもなく、世界に知れわたった「フクシマ」

一私企業に過ぎないチッソと東電とにみられる余りにも同根の体質

甚大な被害を私たちに与えても知らぬ存ぜぬの蛙の面にションベン顔

追及の手が及ぶ度に「権威」ある学者を登場させる、社内に緘口令を敷く、都合のいいように捏造する、具合の悪い事は隠蔽する、御用組合を優遇する、社内にある勢力関係を複雑化する、この時とばかりと天下りの官僚がすわ天下の一大事と精力的に動く、一企業で解決できる問題ではないと盛んに

喧伝する、儲けはこの期に及んでも手にし、(註)損失は国に補塡してもらう、マスコミには世論の矛先が向かわないように捻じ曲げた報道をしてもらう、そして、頬被りを決め込むこれが事ある毎に取られてきた常套手段

(註)東電の単独決算　単位：億円

	売上高	純利益		売上高	純利益
2010年度	51463	1258	11年度	51077	7584
12年度	57694	6943	13年度	64498	3989
14年度	64498	3989			

こうしてみると変な決算

「フクシマ」で実質的には倒産しているのにどうなってるのか、さすがに11年度は売り上げが落ち込んでいるものの、12・13・14年度と順調に売り上げは伸びており、事故前の10年度の5兆1463億円を12年度では12％増し、14年度に至っては実に25％も伸びている、この間は原発は停止している、売り上げの92％は電気料金である、「フクシマ」があろうが、原発が稼働してなくっても十分儲けているではないか

13年度に黒字化、14年度もキープ、これまた驚き桃の木、そのうえによく取り沙汰される企業の内部留保、麻生財務相までもが内部留保（利益剰余金）が増えている企業を「守銭奴」と揶揄した、東電が押しも押されもせぬ8位の殿堂入り、5兆2600億円を貯めこんでいるではないか

私たちはこれをどうみたらいいのか

個人・法人への賠償・補償金の支払いについても決算報告でなされているが、余りにもふざけた額で紹介する気も失せる、しかし東電の実態を知るには不愉快なことでも目をそむけていては事実を見失う、

気力を振り絞ってみると、14年4月現在までに、3兆7000億円程の支払いとなっている
個人・50万8000件に1兆5000億円　　平均賠償額　300万円
自主的避難者・128万7000件に3530億円　　平均賠償額　27万円
法人、個人事業主・21万6000件に1兆6900億円　平均賠償額　780万円
こういうのを転んでもただでは起きない火事場泥棒、いいや、そうではない、ひとを不幸に落とし込んで儲ける、そう、戦争仕掛け人、死の商人、というのだった
美しい不知火の海が目の前に広がってくる
粗末な薄暗い部屋の片隅で、逆さに曲がった手足でかろうじて身体を支えながら口を歪ませたまま言葉にならない声を出そうとしている少女
全身の痛みに耐え井戸水を汲み上げていると、あっちへいけ、うつるでと追われる
せめてなにがしの補償をと裁判を起こすと、
チッソの城下町であってみれば、金が欲しいのかと罵声を浴びせかけられる
まして、今度は「フクシマ」だ
「ヒロシマ・ナガサキ」はトルーマン米大統領の政治的野心が引き起こした人災であり、「フクシマ」は東電の汚い金儲けが引き起こした人災である
共通しているのは、驚くほどの「いのち」の軽視である
しかし、泣き寝入りしては末代にまで禍根を残すことになる
「フクシマ」では、これから被曝症に苦しみ、死んでいく人が想像を絶する程の人数で顕在化すると思われる
ＩＡＥＡを代弁者とする世界の巨大な原子力産業を背景に持つ東電に補償させなければならない、

もとの平穏な生活に戻れないのなら、嫌なことであっても次善の策として「いのち」の値踏みをしなければならない、金に換算すると、あなたは「３００万円の価値」しかないと東電に見做されている、あほか、精神的な苦痛に対する慰謝料となれば、この世に「原子の火」を持ち込んだヤツラには天文学的な金額を請求してもいい、そうだなあ、取り敢えずは東電の総資産、15兆円だ、15兆円の慰謝料を私なら請求する、そして、これをすべて核のゴミの処理用の費用に充てる

「フクシマ」は戦争と同じで、「いのち」の戦いであるといっていい

経済の発展には原発が必要だと言っている財界、それと一体化している自民党政権は国民の73%が原発などいらないと言っていても原発の再稼働を行おうとしている

「美しい日本を取り戻す」と、何を言っているのかさっぱり分からない寝言を言いながら、やろうとしていることは戦前の「強兵国家」への歩みと何ら変わりはない

戦前、「お国」のために８０００万人の人がどれほどの苦しみを味わい、３００万人の人が犬死にしていったことか

「個」は跡かたもなく踏みにじられ、全体主義の嵐が吹き荒れたことを、

そんなことはまっぴら御免だ

個があって初めて家もあれば国もある

私たちは忘れていない

沖縄では皇軍が手榴弾で集団自決を迫ったことを、進駐軍に陵辱された数多くの婦女を、戦争が終わっても対共産圏に対するために沖縄に主として米軍基地が置かれていることを、売却することもできないアメリカ国債を１１２兆円（２０１３年９月現在、１兆３５００億ドル）も購入していることを、アメリカの国益のためにあるＴＰＰに組み込まれようとしていることを、アメリカ軍の戦費の負担をし

ていることを、言い値でアメリカから戦闘機などを購入させられていることを
どれ一つとて日本の国益にかなったものはない
「いのち」を捨つるほどの国か
こと、ここにいたっては
踏み止まって
我が身を、我が子を、さらにまだ見ぬ子を守らなければ
6万人ほどの富裕層が海外に逃げ出したとか、そのなかには前東電会長勝俣も
前東電社長清水も家族ともどもドバイにいるとか
随分となめられた話だ

1986年4月に、チェルノブイリ原発は1党独裁の旧ソ連の政権下で、爆発事故を起こした
大量の放射性物質が大気中に放出された
機密漏洩を恐れ、密かに事態の収束をはかろうとしたが、スウェーデンで高線量の放射性物質が検出
されたことから世界の知るところとなった
しかし、その後は有無を言わせぬ迅速な住民の避難、述べ80万人の労働者を動員し、無謀ともいえる
収束作業に当たった
爆発した4号機をすっぽりと覆う石棺と呼ぶ構造物を建てた、11月にははや完成
旧ソ連は死者を33名と発表したが
面白いことに、その年の8月に行われたＩＡＥＡ（国連傘下の、原子力の平和的な利用の促進と軍事的な転
用の防止を図る機関、実質的には世界の原子力関連企業の利害を代弁する組織であることは周知の事実となってい

る）の非公開会議で、第一書記ゴルバチョフから全てを報告するように指示されていたレガソフ事故処理責任者が、広島原爆から推計して4万人が癌で死亡すると発表した
会場の全員が大変な衝撃を受けたが、西側諸国は原子力産業のイメージダウンに繋がるのを惧れ、広島原爆から試算した理論上の数字に過ぎないとして退け、会議としては4000人と結論をだした。
以後、この4000人がIAEAの公式見解となった、それは今日まで変わらない
ICRPも被曝死は30人とした
チェルノブイリ原発の事故で、お気の毒に亡くなられた人は4000人、いやもしかしたら30人の方々です、生前の数々の貢献に心から感謝申しあげるとともにご冥福をお祈りいたします、
こんなええ加減なことでいいのか
原子力産業を隆盛させたいと思っている両者においても4000人と30人の違い
原発推進派と廃止派との間における相違ほど大きな違いは他の分野ではみられない
政治的な思惑が露骨に出てくる分野だ
グリーンピースは9万3000人が死亡し更に14万が亡くなると
ロシアのALEXEYVやYABLOKOVらは1986年から2004年の間に98万5000人が亡くなったと推計
ウクライナのチェルノブイリ連合は73万4000人
今までみてきたように、IAEAの4000人説は明らかに政治的判断
私は、1991年のソ連の崩壊により独立したウクライナの当時の人口が5200万人くらいであったのが、2010年には4500万人に激減していること、
Lugyny地区の平均寿命が75歳であったのに65歳になってしまったこと、

事故の収束にあたった消防士・兵士・労働者たちは放射性物質の危険性について説明も受けなかったうえ保護具も満足に着けずに事故処理にあたったこと、
2000年4月26日の14周年追悼式典での発表で、事故処理従事者86万人のうち5万5000人が既に亡くなっており、ウクライナ国内の被曝者342万人のうち、87%が発症していること、
汚染地区に住む人の2005年までの累計値の平均が9ミリシーベルト・避難民の平均が31ミリ・復旧作業者の平均が117ミリであること、
ロシア政府の発表で汚染地に住んでいる人の7割が病人であること、
こういったことを勘案すると
被曝死した人はこの25年間のあいだに100万人を超えたと思われる
チェルノブイリの事故で、30人は亡くなったとして、残りの、いまだ生死不明のままの99万9970人の人たち、一人一人がチェルノブイリの鬼気迫る虚空に漂っているのを見るに忍びなく、往生してもらう意味で死者の人数にこだわっている
ひとは決してマスで捉えてはいけない
それだけではない
「フクシマ」の被曝者対策の主眼がここにある、と強調したいのだ
一刻も早く避難措置を取らなければ100万人を超す死者を出す恐れがある
旧ソ連は半径30キロ圏内の11万6000人の住民を強制的に移住させた、その後3年たって30キロ圏外に広大な高汚染地域のあることが判明、ソ連崩壊後に独立したウクライナ、ベラルーシ、ロシアは合わせて35万人ほどを強制的に移住させている、この他に、自主的に移住した人を加えて、52万人ほどの人が故郷をあとにした。

人口密度と避難時期と原発との距離と放出された放射線量とを考えると、大雑把にみて、福島市や郡山市なども含めて50キロ圏内の少なくとも100万人以上の人々を避難させなければ、むざむざと犬死にさせることになる

逃げれば助かるのだ

少しでも早く福島の人の「避難計画と避難後の生活再建」を策定し実施しなければ、いたずらに積算被曝量を増やすだけになり、それだけ犠牲者を増やすことになる

第4章　事実は語る

戦前、無謀を承知のうえで1941年12月に対アメリカ戦にまで突入したのは、日本、それに対するアメリカ・ヨーロッパ・ソ連の思惑が複雑に絡んでいたとはいえ、直接的にはアメリカが石油の輸出をストップしたので石油資源を求めて南方に戦線を拡大化したことによる

エネルギー問題が国運を左右する

いい機会だ

「フクシマ」が起きた現在、エネルギー問題を根本から考え直したらいい

「核兵器による全面戦争」となれば、人類滅亡に直結する、楽観的かも知れないが、核戦争となっても、おそらく限定的な核兵器の使用にとどまると思われる

一番可能性があるのは、通常の弾道ミサイルで原発を攻撃してくるケースである。その場合、果たして「ミサイル防衛」機能が働いて迎撃できるのであろうか、次々と撃ち込まれたらどうか

日本はアメリカ、フランスに次いで、54基をも保有する世界第3位の原発大国であり、島国という地形上の問題と相俟って格好の攻撃対象となる

どの原発でもいい、弾道ミサイルを数発打ち込めばいいだけのことだ、原子炉に命中しなくても建屋周辺にさえ打ち込めば確実に核爆発が起きる、三つ、四つの原発で核爆発が起きれば、間違いなく日本はお仕舞いとなる

自衛隊のペトリオットＰＡＣ－3迎撃ミサイルが飛来するミサイルを次々と間違いなく迎撃し爆破するという保証は何もない

100％というのは原発の安全神話と同じで、この世に存在すべくもない、いかにペトリオットくんが獅子奮迅の働きをしてくれても、敵もさるもの、あちこちの原発に矢継ぎ早に打ち込む、そうなれば防ぎようがないとみるのが穏当な捉え方だと思うが、どうか

アメリカ軍がいるじゃないかといっても、日米安保条約は当てにならない

日本は1951年のサンフランシスコ講和条約の締結をもって主権を回復したのだが、憲法第9条第2項で、陸海空軍その他の戦力はこれを保持しないとの世界で唯一の平和憲法を有する国に生まれ変わっていた、当然、軍隊はない

ところが、前年の6月に勃発した朝鮮戦争で事態は急変した

もともとマッカーサー元帥は日本の自衛権は認めていたものの再軍備には否定的であったが、戦況の悪化に接し、8月には吉田総理に7万5千人体制の警察予備隊を創設させた

ここから、9条に関する言葉アソビが行われるようになる

米極東軍第8軍司令部戦史室編纂「日本警察予備隊史」序文には、「警察予備隊の創設は、歴史的に非常に重要である。なぜなら新しい警察組織は実際には軍隊であったからである」と記載されている、予備隊、すなわち今の自衛隊は誰がなんと言おうとも軍隊であるとちゃんと記載されているではないか、だから、自衛隊はグンタイじゃありまちぇんとか言う人がいても、ウソをついていることになり、二枚舌であることは本人も承知している

それにしても、何たるご都合主義のアメリカと唯々諾々と従う日本

さらに酷いのは、講和条約と同時に、日本とアメリカとの二国間で締結された安保条約、

1条で「日本は国内へのアメリカ軍駐留の権利を与える」となっている
これでは講和条約を締結しても主権国家ではない、少なくともアメリカ軍基地に関してはアメリカの領土であって、占領下と実質的に何ら変わらない、いいや、安保条約の立役者であった当時の国務省政務顧問ダレスが、「我々が望む数の兵力を、望む場所に、望む期間だけ駐留させる権利を確保する、それが米国の目標である」と大いにアメリカを満足させる代物である、とはっきり言っているのを忘れてはならぬ。
日本はサンフランシスコ講和条約に調印させてもらったが、同時に日米安保条約を締結させられたので独立国家ではない
今までは名目的には連合国の占領下に、実質的にはアメリカの占領下にあったが、これからは、名実ともにアメリカの支配下に置かれることになった
そんなことはないやろ、独立国家になったんやろ
ダレスはんが言うたはったやろ
国会議事堂であっても、警察庁にも、どこにでも重装備をしたアメリカ兵士を配備できるのや、とそういうことになるのかな、でも、いざという時は助けてくれるのやろ
それもどうかなあ、アメリカの軍や核の傘に守られていると思っている人が多いが、そう思いたいだけじゃない、確かに同じ1条に「駐留アメリカ軍は、極東アジアの安全に寄与するほか、直接の武力侵攻や外国の教唆などによる日本国内の内乱などに対しても援助を与えることができる」となっている、アメリカとしては、いや、これはどの国もそうであるが自国の国益にならないことに手出しをしない、現に、韓国による竹島占領やソ連による色丹島占領に対して、アメリカは日本の領土への外国の武力支配だと認めていたものの安保条約による「援助」をしなかった

また、「核」に関しても２０１３年２月に北朝鮮が３度目の核実験を行った際、『『核の傘』で日本防衛を約束、オバマ米大統領」と報じられたがどこまで鵜呑みにしてよいやら
そもそも安保条約の文面はわかりにくくされているが、要は、占領時代と同じくアメリカ軍はアメリカの国益にかなうように駐留する、日本のことは気にかけるものの防衛する義務を負わない、と他の要人の発言もそれを裏付けている
「米軍が日本にいるのは、日本を防衛するためではない。米軍が…常に行動できる前方基地として…。加えて日本は駐留経費の75％を負担してくれる」とチェイニー国防長官が１９９２年に議会で発言、また、「もしロシアが日本に核ミサイルを撃ち込んでも、アメリカがロシアに対して核攻撃をかけるはずがない」とターナー元中央情報局長官、など枚挙にいとまが無い
仮に米軍としては出撃してくれる意向であっても、議会の承認が必要なので迎撃ミサイルが間に合うか疑問である
国益にならないことにタダの力を貸してくれるようなお人好しな国はない、そんな国は私たちの国くらいだ
平時においても、原発があるというだけでテロ攻撃に対して、大きなリスクをかかえている
また、アベ政権が集団的自衛権を行使できるようにと画策している、そうなればアメリカ軍と軌を一にすることになる、テロリストが報復のため原発の破壊行為にでる脅威は今まで以上に増す
２０１３年３月１日の「週刊朝日」にこんな物騒な内容の記事があった。「朝鮮労働党の宣伝煽動担当書記が『原発１ヵ所を攻撃すれば広島の原爆の３２０倍の爆発が起こり、日本を地球上から消し去れる』と発言したようです」と
信憑性に多々問題があるにしても、可能性の一つとして有り得ることだ

北朝鮮のノドンは200基ほど、日米の軍事施設・政治経済の中枢部・原発に照準を合わせて配備、
命中精度は2キロといわれている、北朝鮮が日本を敵視しており、アベ政権が挑発行為を重ね続けて
いくと不測の事態を招く危険性は否定できない
私は何度でも言う
戦争は勝っても地獄、負けたら地獄の花丸。
これら全て、承知のうえでの原発なのか
自然災害によって引き起こされる核の暴走に対する管理、テロに対する防御を24時間体制で行う、こ
れには大変な設備と人員の配置と経費とを要すること
原子力で電気を起こす、それを国のエネルギー政策と位置づけて、具体的なことは一私企業が担う、
余りにもバカバカしくて笑っちゃう
「フクシマ」の後始末には100年以上かかり、兆単位の費用がいるとか
これだけの費用をかければ従来の火力にしろ、水力発電所にしろ、100や200は造れる
お金の問題をおいても被曝、核のゴミ、どうするのか、目処すらたっていないのに
なりふり構わず原発を推し進めるにはそれなりのわけがあったということ
自民党の長年の悲願、核武装化の問題が原発とセットになっていたことで、
原発を推し進めてきた説明がつく
日本は核保有国になった
今までに使用済み核燃料から抽出したプルトニウムは45トン、その内、核分裂性プルトニウムは30ト
ン保有している
ただ英・仏に再処理の関係で23トンほど依託状態になっているので手元に6トン(2012年末現在)

ほどあり、これが容易に核兵器の燃料になる
8キロで広島型1発分だから、750発分の核爆弾の燃料がある
大陸間弾道ミサイルに関する技術はロケットの技術でやれる
製造期間は半年から3年と見方が分かれるがごく短期間で出来る技術はある
実験もコンピューター・シミュレーション技術でやれる、ということで核爆弾の製造はできる、
こういうと、そんなあほなという人もいるので、もう10年近く前の2006年11月15日付けの産経新聞が、「海外は日本を『潜在的核保有国』とみなしている。日本の技術力があれば、数ヵ月で核兵器を保有できるというのが国際社会の一般的な認識で…日本の核武装を警戒」と報じているのを見てもらいたい、要約すると
使用済み核燃料から抽出されたプルトニウムで1000発分の核爆弾は造れる、製造には1年もあればよい、ミサイル技術もある、ということで、日本は核兵器を保有しているのと同然だ、と
もう建前は捨てて、
「核燃料サイクルに基づき原発を稼動させているのは核兵器製造を目的とした国の行う軍需産業」である、と言ったらどうか
「潤沢な税で万全の警備体制で不測の事態に備えている」とも、また「戦後70年にわたる屈辱的な対米従属の歴史を断ち切って、ここに独立を宣言する」と
使用済み核燃料から分離・精製できるプルトニウム239は65%なので、これを約93%の兵器級プルトニウムにしなければならないが、
高速増殖炉「もんじゅ」が稼動すれば、プルトニム239の割合が96%の超兵器級のプルトニウムをとりだすことができるのだ、なにも恐れることはない

講和条約はいきているのだ、主権国家であるのを邪魔しているのはアメリカ、滅茶苦茶に不平等な安保条約だ

第二次世界大戦での戦勝国である米・露・英・仏・中の5核大国が核兵器を専有しようとしたが、インドやパキスタンなどは保有し、「核兵器不拡散条約」にも署名しなかったのは当然と言えば当然、条約には日本もいれて190カ国が署名し、1976年に批准されている

面白いことに、非核兵器国が原子力の平和的利用の軍事技術への転用を防止するため、国際原子力機関（IAEA）の保障措置を受諾する義務があるものの、「原子力の平和的利用」は締結国の「奪い得ない権利」として規定するとのこと（外務省の概要）。

成る程、なるほど、原子力の平和的利用即ち原発の技術でもって核兵器を製造できるとちゃんとこの条約は教えてくれている、ただ、IAEAに見つからないようにする必要はある、と

寺島実郎日本総合研究所理事長も2015年4月23日の朝日新聞で、「日本人は、軍事利用の『核』と平和利用の『原子力』という言葉を巧みに分けて使ってきた。しかし、この二つは国際的には同じ言葉で、核兵器と原子力発電は表裏一体として扱われる」と、述べている

こういうことで、日本が潜在的な核保有国と見做されているのも当然のことで、世界は、原子力の平和的利用なんて詭弁の産物で、騙された「ふり」をしているだけのことである

「騙されたふりをし」た目には、原発の裏に「もんじゅや六ヶ所村の再処理工場」がゆらゆらと浮かんで見えている

エネルギー基本計画の中核をなす「核燃料サイクル政策」とは、原発から出る放射性廃棄物を再処理し、燃料として再利用するという、まことに夢物語のたぐい

今を遡ること50年、1967年に動力炉・核燃料開発事業団が設立されたことから、悪夢は始まった、

敦賀に建設された「高速増殖原型炉もんじゅ」はMOX燃料（使用済み核燃料を再加工したプルトニウム・ウラン混合酸化物）を使用するが、使われたMOX燃料から費消した量以上の原子核の燃料となる、これなら費消された以上の原子核になっているので、発電用の燃料として永久に使えるという、原発の核燃料と核兵器の燃料とをうんでくれる金の卵、いうことなのだ。
しかし、自己増殖するものに碌なもののないのが相場、大抵は、売り家と唐様で書く三代目となる、泣き所が幾つかあるのだ
原子炉を冷却するのに水ではなく、70度位に温めて液体化したナトリウムを用いる、これが非常に危険だということ
さらに、致命的だといっても過言でないのは、使用済みMOX燃料を再処理することの難しさ、三代目にとっては商いの道はもう無縁になっているのと似ている
手掛けていた米・露・英・仏が撤退したのは三代目は使い物にならぬと知ったからではないか
しぶといのは日本だけ、諦めのいい国民性もエロ爺の「原子力ムラ」には通用しない
その甲斐あって、目出度く1995年8月に発電開始
苦節30年、ようやく報われた、建設費6000億円についてもとやかく言われたがこれで面目もたつ、感無量といきたいところだったが、自己増殖は元々ムリだった
12月にナトリウムの漏洩による火災が発生、それからというもの、トラブル続きで今日まで1ワットも発電せず、累計額1兆円以上の金喰い虫、今も1日5500万円の喰い代
こんな大金、だれが気前よく払っているのかと思うと、何のことはない私たちだ
溝に捨てるように仕組んだ「原子力ムラ」、半世紀にわたって、泥金を吸い続けたということだ

2014年6月に早々と「第4次エネルギー基本計画及び今後の原子力政策の検討」が総合資源エネルギー調査会・原子力小委員会の第1回会合の資料として提出されている
「フクシマ」の事故があっても何ら新味もない、従来通りの「核燃料サイクル政策」を推進するとある、「もんじゅ」も完全に破綻しているにも関わらず従来通り推し進める、と
2、3紹介しよう
原子力は事故リスク対応費用も考慮して(も)、他の電源と比べて遜色ない、
IAEAが2030年までに世界の原子力発電所の設備容量は約20から90%増加すると予測(していることをいいことに)、トルコやベトナムなど、新規導入を約束している国々に対して、(中略)どのように貢献していくか、など
全く「フクシマ」のことなどなかったかのような傍若無人な振る舞い
「フクシマ」の原因究明もなされないまま、アベ総理は喜々として財界人とトルコに行き、2基の原発の輸出契約を取りつけた
その他アラブ首長国連邦に対してもトップセールスを行っているとか
これはもう犯罪行為に等しい
「フクシマ」と同じような理由で事故を起こしたら、日本の信用はがた落ち、いいや、そんな面子の問題ではない、事故の収束に向けての技術供与と多額の賠償に応じなければならない、廃炉ともなれば100年で片が付く保証などどこにもない
東電が原発を稼働しなければ供給不足に陥るとわざわざ停電にし恫喝しても
全原発が停止してもなんら支障がなかったということが誰の目にも明らかになった、それでも原発は重要なベースロード電源と政府は位置づけ、再稼動しようとしている

核燃料サイクルといい、こんな破綻した論理に納得できる人がいるのだろうか
今一つ、クリーンなエネルギーだと声高に叫んでいるがこれもデタラメ
ウラン採掘から核燃料集合体の製造に至るまでをみてみると、もうもうと粉塵の舞うウラン鉱山から採掘されたウラン鉱石を化学処理し、粉末状のウラン精鉱（イエローケーキ）とし、それをウラン化合物にする、そうして出来上がったウラン235を遠心分離法で3％くらいに濃縮する（註　90％以上に濃縮すれば核爆弾になる）、その濃縮したウラン化合物を加工しやすくするために再び化学処理して粒状の二酸化ウランにし、高温で焼き固めたペレットにする、あとはペレットを被覆管に詰める、これが燃料棒、それを束にして燃料集合体に組み立てる、おおよそ、こういった工程で作られる
濃縮する工程が難しくイランが手こずっているが、それはさて置いて、それぞれの工程で従事する作業員は当然被曝する、のみならず工場周辺の、特に風下の住民も被曝し、社会問題となっている
火力発電ならこれ程の設備などいらぬ、原発は初めから終わりまで、大掛かりな設備を必要とする、金食い虫の頂点に君臨し、全工程において大量の電力を費消し、二酸化炭素を吐き出している
こうしてみてくると
不老不死の殺人マシンの放射能と莫大な設備費、だれもが発電用だと言われたら首を傾げる。こんなん、他に目的がなかったら酔狂もんの遊び以外に、誰がつくるのや
それでもなおアベ政府は従来の原子力政策をそのまま継続し国家プロジェクトとして位置づけている、だとしたら、その意味するところは自ずと見えてくる、
原発は「原子力ムラ」の金のなる木、
また、槌田敦氏が指摘するように、「もんじゅ」の高速増殖炉では純度の高い98％ものプルトニウムへの再処理ができる、「もんじゅ」は核兵器製造所なのか、ということで、

既に「核燃料サイクル」とは「核兵器製造システム」だと報道されていた
「もんじゅ」の歴史は1967年に始まる
これは核兵器の製造が第二段階に入ったのと同じ謂いである
原発そのものは、中曽根康弘大勲位らが国会に「原子炉築造のための基礎研究費及び調査費」案を上程し、可決された1954年4月をもって嚆矢となる
これが原子力の平和利用の名目で、表の顔を原発にした核兵器製造の導入の始まり
「原子炉築造」とあるのに焦点を当てて見れば
国連でのアイゼンハワー大統領の「アトムズ・フォア・ピース」演説が世界にアメリカの核軍備拡大を謀るためのものであったことを抜きにして考えると、とんでもないことになる
核兵器の力で世界に覇を唱えようとしていたアメリカとしては、
東欧の国々を次々と勢力下に置いた旧ソ連が1949年の8月に原爆の実験を成功させたことによって東西冷戦は核を軸に深刻さを増したと捉えるのは当然のことであった、
こういった旧ソ連の情勢を受け、トルーマン米大統領は水素爆弾の開発に踏み切った。
1953年に大統領に就任したアイゼンハワーも旧ソ連との核戦争を想定して、更なる核兵器の開発を推し進めた
しかし、度重なる核兵器開発による負担増で国民経済は疲弊し、核戦争ともなればアメリカとて汚染された荒蕪《こうぶ》地となるジレンマに陥ることになる
さらに、核兵器に関する世界の世論はどうか
アメリカ国家安全保障会議の1953年3月の議事録に「大統領とダレス長官は原子兵器の使用をめぐるタブーがなんらかの方法で解消されねばならないとすることで完全に意見の一致をみた。ダレス

長官は、現在の世界世論の状況下において、われわれが原爆を使用することはできないと認める一方、われわれはこうした感情を消滅させるため、今あらゆる努力を払うべきであろう」と記されていることからみてとれる

通常兵器のように核兵器も使う、それに対して批判的な世界世論を「あらゆる努力を払」って「消滅させる」こと、それがアメリカに求められていたこととなる

こういった状況を忖度しておかなければ

アイゼンハワー大統領がなぜ核兵器を国防戦略の基礎に位置づけたかを見誤る

かくして実施された施策として

一つが、通常兵力を減らし、旧ソ連を封じ込めるに必要な軍事力を核戦力で補うとの基本構想により、軍事費を削減することが出来る。

もう一つが、1953年12月に行われた国連での「アトムズ・フォア・ピース」演説となる。

先ず、アイゼンハワー大統領は核兵器の破壊力について、「現在の米国の核兵器備蓄は、第二次世界大戦の全期間（中略）発射されたすべての爆弾と砲撃を合わせた爆発力の数倍を超えている」と、絶句するしかない事実を述べて脅す

第二次世界大戦での何千万人という殺戮と建造物・歴史遺産の破壊をアメリカの保有する核兵器の半分か3分の1かとかで出来るというのだ

一体、なにを考えているのだ、それに、被爆についてはただの一言も触れていないではないか

「現在の核爆弾は、核時代の幕開けをもたらした兵器の25倍以上の威力を持ち、また水素爆弾は、TNT火薬で数百万トン相当の爆発力にまで達している」とも述べている

恐ろしいの一言

「ヒロシマ」での急性被爆で亡くなった人を14万人として、水爆なら1000倍の威力だから1億4000万人、たった一発の水爆で日本人を皆殺し、もう晩発性被曝症に苦しむ人とていないからすっきりしていいか

それにしても放射性物質には見事に触れていない、内部被曝どころか外部被曝についても全く言及していない

原爆・水爆といえば放射性物質、これがこの上もなく厄介、人類を滅ぼす代物

核戦争の恐ろしさは一見すればすさまじい破壊力となるが、それを遥かに凌駕するのが放射性物質、そこにぞっとする恐ろしさがある

被曝に一切触れずに、原子力の平和利用なんて言っても、それは大いなる欺瞞

平和のための核と称して、アメリカが研究用原子炉と濃縮ウランを提供する、但し、肝心の勘所は機密事項扱いにしてあるのは言うまでもない

そして、例えば電力の不足している国には発電所を、例えば農業や医療とかに資する原子力に関する知識を公開したり、技術面の指導を行う

一見尤もらしく聞こえるが、アメリカの管理下で核開発を主導し、核の独占的な支配体制を構築するためであるというアメリカの意図が透いて見える

その上、旧ソ連との核開発競争で生産過剰になっていた濃縮ウランも売りさばけ、これが莫大な利益をもたらす

その後、甲斐あってアメリカは37カ国との間で原子炉建設の協定を締結したこと、及び、14カ国とは交渉中であることを1956年10月に国連に報告している

一方、ソ連はハンガリーなど東欧諸国に20基の原発の導入をはかっている

もはや原子力というのは特別な存在ではなく、いや人類の平和のためになくてはならないものだとのプロパガンダが成功をおさめることになる
全世界にばら撒かれた原子力による幸福と繁栄の夢は核兵器も通常兵器と同じだとの錯覚を生み出し、核兵器製造用の原子炉と原発の原子炉とは違うのだとの大いなる錯覚も受け入れられていった、しかし、これは日本以外の国では皮相面での現象に過ぎなかった。
私たちの国は、「ヒロシマ・ナガサキ」でピカドンと、「第５福竜丸」で死の灰と、そして「フクシマ」と、三度にわたり核の洗礼を受け、当初こそ激しい拒否反応を示したが、原発を導入させるべく、ＣＩＡの先導の下で、正力松太郎を中心に、テレビ・新聞・映画・講演・イベントなどを駆使して波状的に洗脳の攻勢をかけてきた
移ろい易いは人の世とはいえ
１９５６年には日本国民の70％が原子力は人類にとって恵みというより有害・呪いだとしていた、１９５８年にはそれが30％にまで激減
私は絶望する
放射能は人類を滅亡させるのだ
だれがなんと言おうが、これは絶対に間違いのない事実だ
人が手にしてはならない
放射線治療が受けられなくなるじゃないか
それ位どうってことない、ガンになるのは被曝が大きな要因になっていることを考えたら、
鶏と卵や、そんなことより、たった2年でアメリカの罠にはまってしまった不甲斐ない国民性
原子力は安全でクリーンなエネルギーだ、原発は産業の発展のためにはなくてはならぬ

電力は勿論のこと、動力・医療・農業など偉大なる原子の力が平和の礎になったと、訳の分からない
ことを言って、原発を受け入れてきた、軍事利用についてはおくびにも出さないで、
こういった経緯で原発が私たちの国に導入されたのだから、胡散臭さがつきまとっていて当たり前。
安全対策のために資金を投入しても何の利潤も得られない、だから、何かあってもその時はその時だ
としか考えない、
「フクシマ」に於いても地震・津波は爆発の引き金になったに過ぎない
安全対策を怠ったことによって起きた人災と捉えなければ事実を見誤る
今は第二次アベ内閣となるが、先の2006年次のアベ一次内閣の、アベ総理の国会での答弁が人災
の証拠である
吉井議員の質問に対する、目も当てられないアベ総理の答弁がそれだ
大規模地震時の原発のバックアップ電源について
吉井議員が、送電鉄塔の倒壊などによって安全機能の喪失に陥った時を想定して、その際、国民の安
全をどうやって守るのかと、
それに対して、原子炉の冷却ができない事態が生じないように安全の確保に万全を期している、
そうならないように(冷却系が完全に沈黙しないように)万全の態勢を整えているので復旧シナリオは考
えていない、
原発では電源喪失はない、今以上の安全対策はとる必要はないと、言い切った
5年後、アベ総理の答弁と全く逆のことが東北大震災によって引き起こされた、
「フクシマ」だ
送電用鉄塔が倒壊し、交流電源の喪失

海側の地下にあった非常用ディーゼル発電機は津波によって水没し、流された
「復旧シナオリは考える必要もないので検討外」「今以上の安全対策はとる必要はない」
と言い切っていたアベ総理
前代未聞の全電源喪失となる
「復旧シナリオは考えていない」のだから原子炉は空焚きとなって当然
そしてメルトダウン
責任という言葉がむなしくひびく
それどころか、原発の再稼動をはかり、トルコなどに原発を売り歩く鉄面皮な男
私には、こういう精神の持ち主のことなどさっぱり分からない
もう、いいではないか
政府・東電があくまでこのような「いのち」にかかわるような問題に対しても無責任な言動に終始するなら、チェルノブイリを参考にして、対策を私たち自身がとるまでだ。
本来なら「革命」ということになるが、私たちはスポイルされているのでそこまでの気概はない
やれるところから始めるまでだ
肝心なのは自分の目で現実を見る、事実だけをみる、起きている事柄だけをみる、情報に誤魔化しがないかどうか、よく見定める、分からなければまた後日にとでも思って、その情報は保留にしておく、リスクは最大限に想定する、顔を見る時には誰しも正面、右、左と見るように物を見る時は多元的な視点で見る、
これくらいのことをして、「フクシマ」をみてみると
東電は2012年5月現在、大気中に放出された放射性物質の総量は90京ベクレルと発表、チェルノ

ブイリは525京ベクレルで（リトルボーイの400倍に相当する）といわれているのでその17％となる、
政府発表では20％の105京ベクレル
海外の研究機関では、キセノンはすでに上回っており、セシウム137は50％と見なしている機関もある
ノーベル賞クラスの論文を多数掲載している学術雑誌「ネイチャー」にはチェルノブイリを上回る放射性物質が放出されたと記載されている
なお、東電は今も日に2億4000万ベクレル漏れ出ているとも発表
ここでも、すでに東電・政府発表はウソと分かる
保安院は、別に放射性物質を重さに換算して7kgが大気中に放出されたと発表しているのだ
まとめると、7kgと105京ベクレルが公式発表である
本当にそうか、ある人が検証している
世の中には色々な人がいるのでおもしろい、この人も公式発表を疑っているのだ
これが大事、いまだに私たちはおカミに弱く、おカミが言っているのだからとそのまま受け入れてしまう、マッカーサーに12歳だと言われるゆえんだ
（炉内の燃料棒　1号機400本・2号機548本・3号機548本）の掛ける220kgで329120kgとなる
（註　220kgが1本の燃料棒の重さ、濃縮ウラン3％として、9873キロのウラン燃料。1％分が放出したとして98・7キロ）
98・7キロは、保安院の7kgの14倍だ。リトルボーイは800グラムの核分裂だったから123発分となる

政府はチェルノブイリの20％としているから、リトルボーイの80発分の放出となり、７キロでは８・７５倍となる
リトルボーイの80発分または８・７５発分と整合性のないのはともかくとして、何とも大きく誤魔化したものだ
「ヒロシマ」では15万人が晩発性の被曝で死んだ、「フクシマ」はリトルボーイの１２３発に相当ということで１８４５万人が晩発性の被曝で死ぬだけの放出があったことになる
そんなあほな、あ、そやそや、放射性プルーム（放射能雲）は８割がた太平洋の方に流れていったのや、天は味方したのだった、これだと２割の３６９万人
人口密度や今なお移住してないとか、20ミリシーベルトに許容限度が引き上げられたことや、日々放射性物質を放出していることなどを勘案すれば、チェルノブイリを遥かに上回る犠牲者を出すことになると思われる。
数値は冷酷なほど正直だ
悲惨な現実から目を逸らしても何も解決しない、向き会っておれば何時かは糸もほぐれる
だれが、どこで、どれだけ被曝したのか
致死量の被曝をする人もおれば、汚染地にあっても低線量の被曝で難を逃れる人もいる、人の余り行かない山野に大量の放射性物質が堆積したとしても、放射性物質は移動する、雨風などによって居住地に漂い出すこともあり、川に混ざり込むこともある。
こういうことで、汚染地帯といっても場所によってまちまちだ
ただ、すさまじく、福島一帯は汚染されているのだから、
ええい、もういい、一日でも早く福島から離れよ

それにもう一つ、早急に取り組む課題は4号機の貯蔵プール
当時の菅総理はプールが倒壊した時には首都圏を含めた3500万人の避難が必要と判断し、避難計画の素案を立てていた
プールの倒壊に伴い燃料棒が空気に触れると火災が起き、周辺には高濃度の放射性物質がたちこめ、人が全く近づけない状態になる、1号機・2号機・3号機・5号機も6号機も次々と手のつけられない状態となり、福島第一原子力発電所から全員避難しなければならない事態となる
核の暴走だ、これが当時、京大の小出裕章助教の言う「4号機の燃料プールが崩壊すれば日本はおしまい」ということの意味か
(特筆大書)2014年12月に、東電は貯蔵プールより1535本すべての核燃料棒を取り終えたと発表——これ以上に慶賀に絶えないことがあろうか
それでも一抹の疑念、大過なくなんて、ありうるのだろうか、13年の11月から取り組み1年余りで成し遂げた、うむむ、一難去ったということだが
浜の真砂は尽きるとも心配の種は尽きまじで
チェルノブイリの事故では、汚染された地帯に住んでいる人は実に2億人にのぼる、ウクライナの低線量被爆者350万人の人たちは白血病などを発症する危険性が高い
800キロ離れたウィーンでも、4年経ち、5年経った頃から子ども病棟のベッドが足りなくなるほど白血病患者が増えた
何人かの専門家が主にプルームの流れ具合から汚染地帯をシミュレーションしているが、おおむね、東北から静岡・山梨・富山近辺までとなっている
食料品などによる内部被曝は大同小異どこにいても程度の差はあるものの避けられないと思ってい

た方がいい
政府は内部被曝のことは曖昧にしている、東北産の農水産物については検査をしているがかなりいい加減なものである、尽きぬ心配の種
チェルノブイリでは、当初3年間くらいは放射能の事を気にして生活していた人は1000人に1人だといわれていた
しかし、被曝症状が次々と出始めてからは多くの人が放射能を気にしだした
藤田裕幸氏が事故後6年に汚染地域にある村に行った時
夏休みで子どもは一人もいない
話をしていたおばあちゃんにもうすぐ夏休みが終わって子どもたちが帰ってくると楽しみだねって言った瞬間に、おばあちゃんに胸ぐらをつかまれた
人の住めるところではないってことは知っているはずだ、そこに子どもが帰ってくるんだよって怒りだしたわけね、というエピソードを語っている
「フクシマ」も似たり寄ったりで、福島県の人口200万人の8割を超す168万人が被曝していると捉えていいのに危機意識をもっている人は1000人に1人だとすると、わずか2000人ということか
たかだか2000人のひとが声高に、福島は危険だ、はよ避難しょ、と、言っても、なんじゃらほい、おまえ煽ってるのか、となってしまう
チェルノブイリという貴重な反面教師がいるのに、早ければ早い程被曝量を少なくできるのに、赤い炎の迫りくる火事とかでないと逃げ出そうという気にならないのか
長年、原発の危険性について警鐘を鳴らし続けてきた広瀬隆氏は、「ヨーロッパのメディアの取材を

受けて事故について話をすると、福島に人が住んでいることが信じられない。ヨーロッパなら移住していると言われますね。福島の子は疎開すべきだと言い続けているのですが、そもそも放射性物質は、原子力安全・保安院が6月に発表した77万テラベクレルより、けた違いに多いとみています」と怒りもあらわに述べている

(註1)やはりチェルノブイリを超えた放射性物質が放出されていると氏は指摘し、東電・政府は事故を隠蔽し矮小化している。そのために被害を拡大させていると糾弾している

(註2)以上は2011年9月時点での話である、その後も福島の人は住み続け、15万人の避難者の生活もそのまま放置されている

(復興庁より)

	2012年12月	2014年5月
•避難者	15・7万人	13・1万人
•避難指示区域からの避難者	11万人	10万人

(註)諸外国向けの東電発表

Fukushima nuclear cesium fallout equals 4023 Hiroshima bombs

2013年3月7日、セシウムで広島原爆の4023倍に相当する放出量と発表

放出された放射性物質の総量について、

東電のうそつき発表にはもううんざり

この海外向けの発表で十分だ

2013年3月7日時点で、セシウムでチェルノブイリの約10倍の放出、

なぬ、10倍だと、リトルボーイの４０２３発分だと
この頃は誰も言わなくなったみたいだが、10倍もの放出量である、と
いつの間にこんな大量の放出に訂正されたのか、東電は大気中に放出された放射性物質の総量はチェルノブイリの17％と発表していた、それがなんと10倍だと、もう何をか言わんやである
四則計算のし直しだ
リトルボーイの約４０００発分にもなると、プルームの８割がたが太平洋に流れていったとしても４０００の２割で約８００発分、レベル７どころの話ではない、レベル８、９でテン、で、天をも衝き抜けた
こうなれば、被曝死する人はこれから25年ほどのあいだに
チェルノブイリをもとにすると、２倍で、２００万人
「ヒロシマ」をもとにすると、15万人の８００倍で1億２０００万人
２００万人と1億２０００万人とでは余りにも違いすぎるが、もうこうなれば
膨大な数の犠牲者だということで、前者だと福島県、後者だと日本の人が全部死に絶えるということ、与太話であればいいが、ともかく大勢の人が犠牲になる、それでいいじゃないか、うんにゃ、私は拘る、死者をマスで呼んではいけない、いつ、いかなる時も固有性の蹂躙は許されることではないさすれば、なんとなく、チェルノブイリの２倍の犠牲者がでる、そんな気がするので、検証していくと、ＩＣＲＰの見解では、1万人が20ミリ被曝すると10人がガンで死ぬということであった、ところで、放射能による死因はガンだけではない、バンダジェフスキー博士によれば、ガンが20％くらい、心筋梗塞などの心臓疾患が50％くらい、あとの30％は脳梗塞・脳腫瘍などである、これはウクライナでの被曝者の死因とも符合するということであった、

したがって、50人が外部被曝により亡くなることになる
さて、そこで、広島原爆の4023倍に相当するセシウムの放出量だから、内部被曝については、ゴフマン教授の20倍説を援用してもいいのではないか
また、子どもの細胞は活発に分裂を繰り返しているのでそれだけ放射線の影響を受け易いということで、大人の5倍、
194万人の県民のうち24万人が14歳以下の子ども、大人は170万人
これらを前提にして、改めて四則計算をしてみる
外部被曝は、50人の、大人が170倍で8500人、子どもが24倍の1200人
内部被曝に相当するのは、8500人の20倍で大人は170000人、子どもは1200人の50倍で60000人、合わせて、大人178500人が死ぬ、子どもは61200人が死ぬ可能性が大、
福島県全体では約24万人が被曝死する恐れがあるということになる、年に20ミリシーベルトで、5年で100ミリの積算被曝量になる頃には24万人の5倍で120万人の人となる、よくて100万人の犠牲者となる、幾度でも言うが、一刻も早い避難を、このままでは100万人が被曝死する。
とかく物事は悪い方にと流れがちになり、目をそむけたくなるが、それでは事実を見落とす、
事実が分からなければ有効な対策がとれぬということで
更にみていくと、20ミリシーベルトより高い線量地帯は幾らでもある
また、食べるものは、生物濃縮された物なので汚染度が最もひどい
太平洋は汚染といっても広いから希釈されて大丈夫だと思うのは勝手だが、事実はそうでもない、棲息する生物すべてがどんどん汚染されていく
チッソ工場の廃液と水俣湾・「フクシマ」から放出されたリトルボーイ3200発と太平洋、

太平洋のあちこち３２００箇所にリトルボーイを投下するのと、チッソの一工場が垂れ流した廃液で
水俣湾を汚染したのと比べて、そう大差ないといえないだろうか
そうすると、太平洋の海産物を食する限り、水俣病なみの内部被曝は避けられない
おもえば
１９４５年に日本は戦争に敗れ、国破れて、山河ありでも、国土は原爆の投下された広島・長崎は言
うに及ばず、本土決戦の場となった沖縄、無差別空襲を受けた東京・大阪・神戸などいたるところが
焦土に変わり果てた
国の統治権は奪われ、連合国の占領下にあった、それでも一面の焼け野原に呆然と立ち尽くす間もな
く民主国家への道を歩み始めて70年
それは同時に戦争の加害・被害の両面を問い直す70年の行程でもあった、はずであるが…
「フクシマ」は自ら招いた報いであり、「ヒロシマ・ナガサキ」と同列に論じることはできないが、ア
メリカが介在しているという意味ではいまだに戦後処理は終わっていない
２０１４年7月の紙面に、「被爆者20万人下回る」の見出しがあった
「下回る」に疑義を抱いたのは私だけであろうか
まだ20万人もの人が「ヒロシマ・ナガサキ」を今なお背負い続けている
20万人の人にとっては戦争は終わってない。
はや同じ呻き声が聞こえてくるではないか、
「ヒロシマ・ナガサキ」の時と同じように「フクシマ」でも、年端のいかぬ子が
「あたしお嫁にいけるの」と
もういい

100万だろうが、200万人だろうが
大勢の血を分けた人たちがむざむざと死んでいくのだ
被曝を避けるには、逃げるしかない
福島第一原発を鉛のモニュメントにして、福島の人たちは一日でも早く福島の地を離れてください、
身の回り品だけでいい、チェルノブイリでもそうだった
仕事や子供の学校やお墓や、いろいろ気になることはあっても「いのち」のかがやきさえ失わなければ何とかなる

放射能に対しては逃げるしかないことを幾度も確認したが
大気中に浮遊している放射性物質は時間の経過とともに道路に、屋根に、田んぼに、草原に、繁みに、森林に、側溝に、川に付着したり堆積したり浸み込んだりする
それにしたがって、空間線量は低くなってくるが、総量そのものには変わりはない
被曝するのを避けるには汚染地を離れるしかない、1時間でも1日でも早く避難すれば、それだけ被曝せずにすむ
今、行われている除染はしないよりはした方がましかな、その程度だと思っておいた方がいい、チェルノブイリでも意味がなかったといわれているように、雨風や車や人の往来などによって舞い上がったり、飛散したりして、除染した処も再び汚染されるというわけだ、そのうえ今も日に2億4000万ベクレルもの放射性物質が漏れ出ている
掛けた費用や労力に見合う効果など全くないといっていい
除染費として1兆1000億円が計上されている、産業技術総合研究所の試算では5・1兆円以上か

かるとのことである
もう一度言おう、チェルノブイリでは何ら効果がなかった、単なる「移染」だ
今までに放出されのはわずか数％分であって、格納容器には大量の核燃料がある、メルトスルーして
いる状態なので地中に流れ込んでいくとみられているが、格納容器の底に滞留したままの核物質が再
臨界し核爆発するおそれもある
こうなれば福島は勿論のこと東北・関東一帯はもはや人の住めない地となる、除染など全く無駄であ
ったことになる、多額の費用を溝に捨てたことになる
何のことはない、ごっそり儲けたのは請け負った業者

４年経った今
「フクシマ」の原因究明もなされず、総合的な対策もなされず、その場限りの対応だけで、放置された
まま、川内原発を皮切りに次々と再稼働しようとしているアベ政権
電力業界は、火力発電用の原油の支払いが円安になった分だけ増え、電気料金の更なる値上げをせざ
るを得ないとまたぞろのたまう
値上げが嫌なら原発の再稼働にいちゃもんをつけるなといいたいのなら、もう少し知恵を働かせたら、
石油価格が１バーレル１００円ほどしていたのが50円台に急落していることには口をつぐんでも、
こんなこと位は誰でも知っている、
大事なことは、政府がなにをしようとしているかを見定めることである
国が私たちの生命・財産を守っているか、基本的人権が国の基本原理となっているか、政権が憲法を
逸脱した行為をしていないか、

クライシスも同じで、クライシスは平穏な日常のなかに潜んでいる、
1000人に一人の目利きになるには、自覚すること、ものごとに正面から向き合うこと、向き合えば何が問題なのかとまず考えてみる、
文明のネットワーク化が急速に進む現代にあって、文化を育み育てるにはそれしかない、ひとの言いなりになる、それは奴隷だ
「フクシマ」が放射性物質を放出し続けており、常に爆発の危険性をはらんでいる
そこに焦点を当てて見ていると、東電・政府の廃炉に向けての取り組みや、被災者の救済がいかに出鱈目なものであるかが見えてくる
ソ連の崩壊の要因の一つがチェルノブイリの対策費にあったと思えば、すさまじいまでの事故であったのがわかろう
日本ではどうか
白日のもとに被曝者が次から次と死んで行かなければ国は何もしないのか
「静かな死」であることをいいことに、個人の受難へとすり変えるのか
避難者15・7万人のうち13万人は3年過ぎても依然として仮設住宅に住んでいる、
精神的苦痛に対して月10万円が東電から支払われているが、これもなにかと口実をもうけて打ち切ろうとしている、抗議されて取り消したが結婚したので打ち切りだってさ
また、家屋の賠償については、築48年以上のものに対して、新築時の2割から6割に値する額に変更するとのうれしい報道があったが、一方ではこのような話も聞く
浪江町から避難している人の話で、東京ドームの2倍くらいの敷地に9部屋くらいある家に対して、東電から補償額として45万円の提示があったとのこと、驚いて近所の人に聞いてみても似たり寄った

り、東電に抗議してものれんに腕押しで、これで了承して下さいの一点張りだったとか
個人事業主に対しても
今春で相当の期間が過ぎたので、これ以降の売り上げ減などは事故との因果関係のある損害とは認められないと一方的に通知してきたとのこと、2年で一切の補償の打ち切り
高崎市のシイタケ農家Uさんは出荷停止や風評被害などによる逸失利益の補償はあったが、もうお得意さんは戻らず新規契約者もいないので廃業せざるを得なくなり、農機具の資産価値や処分費用など数百万円の損害賠償の請求をしたが、東電は応じないままである、と
また、原発関連死として、避難先で持病の悪化やストレスで亡くなった人への慰謝料は220万円だったとか
また、放射性物質の付着した瓦礫を各自治体の焼却炉で焼却するよう要請したりと、
ついには、避難指示解除準備区域に指定されている住民に対して、政府が計画した除染作業が一通り終わったので、大気中の放射線量が年1ミリシーベルト以下の除染目標に届いていなくとも自宅に帰り、被曝線量が年1ミリを超えないように自己管理して暮らすように、と
持って回った言い方であるが、空間線量が5ミリでも6ミリでも、また食材や飲み物が基準以上に汚染されていても自己管理のもとでやってくれ、政府としてはここまで除染したのだから後は知らぬ存ぜぬだと
もっと、あからさまに言うと、これからはもう被曝しようがしまいが当局は一切関知しない、被曝症だと泣きつかれても、なにも出来ないとしゃあしゃあと言ってのけた、ということだ、
例を挙げると、3年目を向かえようとしている2月、警戒区域になっている田村市都路地区の住民に対して、「4月1日解除の説明会」がもたれた

赤羽原子力災害現地対策本部長は、最初に多数を占める反対派の住民の意見を表明させる、その間は黙って聞いていることにし、中盤になって事前に打ち合わせをしておいた帰還派に意見を出させ、すかさず別の帰還派の住民に「解除」を提案させる、そして間髪を容れず、反対派の不信感を抑え込んで、「4月1日解除」の政府方針を表明し、閉会にする、と

こうした住民説明会を振り返って、「ま、官僚は頭がいいんですよ」とのたもうたどこまでもふざけた連中だ

また、避難者の声として、無駄な除染などしなくていいからその費用を分けてくれた方が助かるとあったが、全くもってその通りだ

今、除染経費として1兆1000億円が計上されているが、15・7万人に均等に分配すれば一人あたり700万円にもなる

家族3人ならば2100万円、これに家屋敷の時価相当分や慰謝料などを加えれば5000万円を超す額になろうか、これだけあれば、一応3人家族の生活再建ができる。

ふるさとを奪われた気持ちを私たちが勝手に忖度できないが、「死の地」になったことは厳然たる事実だ、もうそこには住めないと納得してもらうしかない

横柄傲慢な東電に誠意など求めても無いものねだり、捨て置くしかない、ヤツラからは十分な補償金を取ること、今となってはそれしかない

第5章 座して死を待つか

私たちは私たち自身の手で我が身を守る
酷だと思われようが今一度言おう
被災者は、家族を奪われ、心をずたずたにされ、ふるさとを奪われ、家屋敷を奪われ、職を奪われ、被曝症に怯えながら日々不安ななかで暮らしている
それでも、あきらめては駄目だ、政府・東電は時間稼ぎをしながらのらりくらりと体をかわし、私たちが疲れあきらめるのを待っているのだと思い定め、ヤツラの手に乗らないと覚悟を決めよう
「ミナマタ」を世界に訴えたアイリーン・美緒子・スミス氏は「国・県・御用学者・企業の10の手口」を挙げている

1. 誰も責任をとらない、縦割り組織を利用する
2. 被害者や世論を混乱させ、「賛否両論」に持ち込む
3. 被害者同士を対立させる
4. データを取らない、証拠を残さない
5. ひたすら時間稼ぎをする
6. 被害を過少評価するような調査をする
7. 被害者を疲弊させあきらめさせる

8．認定制度を作り、被害者数を絞り込む
9．海外に情報を発信しない
10．御用学者を呼び国際会議を開く
どれもが思い当たるようなことばかりだが、美緒子氏の場合は、すべて「ミナマタ」で、幾度も舐めさせられた経験に裏打ちされている。
権力ってのはなんでもやる
卑劣と言われようが、強権だと言われようがなんだってやる、逆に、私たちの泥靴だってなめまわす、失ったものはどんなに大切なものであってももうかえってこない
今となっては「10の手口」に気を付けながら東電に最大限の補償をさせるしかない。
水俣病にしろ、45年経った今も水俣病と認定されず、何らの補償もされず放置されたままの人も多数いる
「ヒロシマ・ナガサキ」の人も70年経った今も原爆投下の日のまま氷りついている人もいる
まして「フクシマ」は数万倍の規模であり、時間が経てば経つほど「東京電力福島第一原子力発電所」の放射能によって、死んでも病気になっても、因果関係を特定するのは難しくなる
それを避けるには、今、「被曝手帳」を政府に発行させる
15・7万人の避難者は無論、スポットエリアに住んでいる人も、空間線量が年間1ミリシーベルトを超える地域に住んでいる人もすべてに、
5年、10年経って発症しても、それが「フクシマ」に起因すると主張しても、そのような診断書を出す医者はいない
国はなんの救済策もとらない

戦前の屯田兵やブラジル移民や満蒙開拓団のように被曝者を国は捨てる、被曝者は棄民となる
マンクーゾ博士が「被曝はスロー・デス（時間をかけてやってくる死）を招く。死は徐々に二十年も三十
年もかけてやってくる。原子力産業は殺人産業といっていいだろう」と言っているが
「静かな死」「スローデス」、そのことは肝に銘じておかなければならない
ジーデントプフ博士も成人の潜伏期間は20年から25年と言っている
御自身も被曝し、長らく広島原爆者の治療に当たってきた肥田舜太郎医師は広島では3年後に「ぶら
ぶら病」が起き、白血病も確認され、7、8年後にガン患者が目立ち始めたと述懐している
こういった人の臨床的意見をもとに、国に被曝手帳の発行を早急にさせなければならない、
今、「3500人の人が被曝死したのではないかとささやかれている」、これが事実であり、また、被
曝の症状を訴える人があちこちで出始めると
反原発の世論がうねりを増し、一気に「3500人の死のうめき」が「3500人の生の轟き」へと膨
れ上がる
数百から数千人規模であちこちで行われている集会・デモ・講演会とあいまって、水を得た魚のよう
な「3500万人のうねり」となって波打つ
さざれなみであった時は脅しに屈したり、自殺に追い込まれたりしたが、艱難辛苦の末といっていい、
ある時をさかいにして
さざれなみが幾重にも縒《よ》り合わさり、うねりとなってみれば
ありとあらゆる妨害を撥ね退け、前へ前へと押し進むではないか
うねりよ、昇り竜となり
破竹の勢いをもて「原子力ムラ」を根こそぎ叩き潰し「革命の火」を高らかに灯せ

第6章　ひっつきお化け

「核兵器・原発」の核心を捉えるにはマンハッタン計画にまで遡る必要がある
日本は核に翻弄され続けてきた国である
いくら神風特攻隊の国であったとはいえ、
今では帰りの燃料なしで操縦桿を握る人なんていない
それなのに私たちの世代は片道切符で大きな顔して乗り、あとは若者にゆだねるのか
虫がよすぎるのにも程がある
原爆の投下、原水爆の実験、原発の事故、これらはもういうまでもないが
稼働中の原発、ウラン鉱山、ウラン精製工場などからも絶えず漏れている放射性物質、
無味・無臭・無色の200種類ほどにわたる核種は私たちが殺人用に、エネルギー用に、医療用などに用いるために生みだしたが、諸刃の剣の典型だ
なかでも厄介なのは、原発で使用された後の核燃料棒、これには高レベルのウラン・プルトニウムが大量に含まれている
4、5年は崩壊熱を盛んに出しているので発電所内の貯蔵プールに冷却しておいた後、青森の六ヶ所村にある再処理工場に運び、ウランとプルトニウムを抽出、分離する
ところが、「もんじゅ」同様、1993年に着工、10年に完成予定を2年延期、更に延期と、いうこと

で2兆1900億円の費用をかけても完成せず、今も建設が進められている状況である、その間も度重なる廃液漏洩などの不祥事を起こしている

「もんじゅ」・「六ヶ所村」の20年来の工事にいまだに税金と人と時間とを費やしても完成しない国民はこんな無駄使いをなぜ、いつまでも許しておくのか、現在はやむを得ず使用済み核燃料の再処理の大部分はフランスやイギリスに委託している

どの核関連施設においても放射性物質が漏れ出ているが、六ヶ所再処理工場が本格的に稼働すれば、空と海に放出する放射性物質は1日稼働させるだけで、原発1基の1年分のそれに相当すると、小出京大助教（当時）は警告する。

崩壊熱を出しながら高線量の放射線を照射し続ける放射性廃棄物

「小泉元総理の原発ゼロ発言の見識を疑う」との読売新聞の社説で、「専門家は地盤の安定した地層に（使用済み核燃料などの核廃棄物を）埋めれば、安全に処分できると説明している。日本を含め各国がこの方法を決めており、フィンランドでは建設も始まった。放射能は時間を経ると減り、1000年で99・95％が消滅する。問題は廃棄物を埋める最終処分場を確保できないことだ」とある

2013年10月8日の社説であるが、「フクシマ」から2年半も過ぎると、こうまでひどいデタラメぶりを発揮しても世間をあざむけると読売新聞は思っているのであろうか、これは社説である随分となめた話しである

さすがに、A級戦犯であり、原発導入の立役者であり、アメリカCIAのスパイであった正力松太郎が社主であった読売新聞のことだけはある

ただ発行部数が1000万部近い世界一の新聞であるのでその影響力を考えると看過するわけにもい

かず一言も二言も言っておかなければならない
これは、フィンランドの「オンカロ」のことで、２００４年着工したトンネル工事、４００メートル以深の地を掘り進み、そこに使用済み核燃料を埋めてしまおうという方法のこと、
火山活動や地震はほとんどこれまでなかった岩盤の地層、10万年もすれば放射性原子は自然衰退によって安定した元素となって無害化されているであろう、との仮説のもとに行われている工事を指して論じているのだが、
はたして10万年もすれば無毒状態になっているであろうか、1億年という学者もいる、また10万年も管理することが可能であるか、その間に地球規模の地殻変動が起きないか、といろいろ疑問視されている、火山国・地震国の日本では「オンカロ」は到底無理である。
日本学術会議では、千年・万年単位で地下に処分するリスクについて技術や社会的合意形成がなされていない、地上に暫定保管することを提言する、となっている
天下の読売新聞ともあろうものが、「フクシマ」など問題ではない、原発はもっと建設すべきだと思っているからといって、こんなデタラメ、１０００年で放射能は消えてなくなるなんて言って騙し通せるとは、なんともはや、こんなことを公言しては世界の笑いものになるというのに
権力も行き着くところまで行くと、あほの見本となる、読売新聞だけではなく他の大手のメディアも含めてだが、アベ総理と2年間に60回も会食を重ねるうちに、毒を食わば皿までで肝心要の舌まで痺れたとみえる
秦の始皇帝が造営した阿房宮《あぼう》が余りにもデカイのでアキレテあほかいなということで、「あほ」の語源となったと言われている事をせめて思い出してほしいものだ
息をするように嘘を平気で言うことがはっきりした東京電力や保安院の発表は話し半分どころか10

分の1くらいで受け止め、その中で何が事実であるかを突き止めなければならない
冷却水の件でも
3年以上経った現在、3・11以降、冷却機能を失った原子炉に対して絶えず注水されている毎時4・4トンの冷却水のうち、3・4トンは溢れ出している、セシウムやストロンチウムなどの放射性物質と混ざり、高濃度の汚染水となって建屋に溢れ出している、その量ときたら半端じゃない
その件について、2014年1月30日に発表した、遅ればせながらでも発表したこと自体はええが、例によってもごもごと、これは1号機についてのことで、他の場所からも漏れていることもわかった、引き続き調査するとか
相変わらず隠し事の好きな御仁
1号機がそうであれば、2、3号機も同じだ、何事も具体的に、リアルに、と
毎時3・4トン、3機合わせて日に約245トン、1か月で7400トン、3・11から14年の1月までの34か月で約25万トンの汚染水
建設時に問題になったものの、そのまま着工しても差し支えなかったと言われればそれまでのことであるが、実のところ、福島第一発電所の地下には阿武隈山系の豊富な地下水脈が通っている、日に1000トンほどの水が伏流水として流れており、その内の400トンが建屋の下を流れている、それが10キロ沖合いで湧き出ているので、沿岸部だけでなく、そこら辺り一帯も汚染が広がっていく、今後、この地下水脈にメルトスルーした核燃料が接触した場合に起こる汚染が更なる大きな問題として浮上してくると思われる、
地下水は上から下に流れ海にそそぎ込む、とはいかない、硬い岩盤に遮られることもあれば、地圧によって上へも流れ、あちこちで合流したり枝分かれしたりと複雑に入り込んでいる、そこにメルトス

ルーした1号機から3号機の溶解した核燃料約100トン、合わせて300トンが触れ汚染される
東京一帯の地下水に溶解した核燃料が達したら3500万人は首都圏で住めなくなる。
今のところ、貯蔵タンクからの汚染水洩れのトラブルを起こしながらも、貯蔵タンクに移したりして
急場をしのいでいるのだが、追いつかず海洋に大量に流れ出している
そのことを東電はずっと隠していた
2013年の7月の参院選が自民党に不利に働くのを懸念し、選挙が終わるのを待って、あたかも今、
判明したかのように公表するという姑息なことまでしている
溢れ出している量は日に400トンであることも認めた、あれれ、245トンより多い
東電・政府が知らんぷりを決め込んでも
世界は、例えばドイツのキールの海洋研究所（GEOMAR）が2012年7月6日に「福島第一原発
からの放射能汚染水の海洋拡散シミュレーション」を発表している。
2年半もすれば太平洋は高濃度の汚染水で覆われ、3、4年後ともなれば中国や北米西海岸のすべて
が覆われる、と
太平洋が死滅すれば明らかに「原子力ムラ」は国際的な犯罪者となる
元スイス大使の村田光平氏は排他的経済水域の権利を失い、海洋汚染で賠償金請求の話が出てくるか
もしれないと危惧している。
さもありなんである
その際には、国際法廷によって傷害致死罪で政府高官・キャリア官僚・東電経営陣が断罪される、
それでも、そんなこととはお構いなしに
放射能はひっつきお化け

今日も庇を借りて母屋を乗っ取っている
対応が遅れれば遅れるほど被害は拡大する、
当初は目に見えないかたちでじわじわと進行し、ある日、突然、凶暴な姿を現わす
「ヒロシマ・ナガサキ」の晩発性被曝症がそうであったように、あるいはチェルノブイリで5年後くらいに急激に死者や患者が増えたように
ところで、年に20ミリシーベルトと許容限度量が緩められたのは私も知っているが、対象地域がどうも分からない、日本全域なのか、20キロ圏内なのか、
こういうことを曖昧にしておくのは狡い遣り方で、文書で回答してくれと要求しても応じない
しかし、ペテンは許されない
騙して金を盗るくらいなら、まあしゃーないとしても、しかしだ、騙してひとの「いのち」を奪うことは断じて許されることではない
今夏、福島県のいわき市の四倉海岸の海水浴が解禁された
心配するほど汚染されていないのがその理由とか
「海の日の日差しに子どもたちの歓声」と報道された
砂浜には毎時0・05マイクロシーベルトなどと、時刻ごとの空間放射線量が大きく表示されている、
そこまでならいい、浮遊している放射性物質はかなり少なくなっている、安心して楽しく遊べる
問題は、土壌などに付着している放射性物質だ、おもしろいことに、いわき市は一方では、四倉海岸の砂浜を測定して、セシウムは合計で1キロあたり3167ベクレルだと堂々と発表している
キロあたり3167ベクレルとは、平方メートルに換算すると20万5855ベクレルとなる（文部科学省の用いている、表土5センチの場合、キロ当たりベクレルを平方メートルに変換するには65倍にする）、冗談

じゃない、放射線管理区域の4万ベクレルの5倍以上の放射線量だ、それを承知のうえで海開きを認めたということか

砂浜では子ども連れの家族などが砂遊びしたり、はしゃぎまわったりすれば、口から鼻から身体のあちこちの皮膚から、また空気や水や食べ物と一緒に放射性物質を体内に取り込んでいても、空間線量が基準値内だから安心して海水浴を楽しむことができると、いわき市は本当に思っているのか

市を追及すれば、恐らくかえってくる返事は、ICRPの基準値を持ち出し、空間線量は0・05マイクロシーベルト、外部被曝と内部被曝は1対1で、0・05と0・05とで合わせて、0・1、年にして0・876ミリシーベルトとなり、年に1ミリシーベルトと定められている公衆の被曝限度内となり全く問題ない

それをごちゃごちゃいうあなたのような人を福島県放射線健康リスクアドバイザーとしてお越しいただいている山下俊一先生は放射線恐怖症だと言われる、だから先生は放射線の影響はにこにこ笑っている人には来ません、くよくよしている、あなたのような人には来るとおっしゃってる、と一蹴されることになる

少なくとも、いわき市は故意に海水浴に来た人を被曝させてやろうと騙しているのではないとは分かったが、善意による傷害罪・傷害致死罪だってある

いわき市もひどい、新聞社もひどい

虚実おりまぜて、「ひどく汚染された四倉海水浴場の砂浜を避け、飛行船に乗り大空から子どもの歓声」とでも報道しなければ誤解を招くというもの

このように内部被曝を度外視して空間線量だけを問題にしたりするのは羊頭狗肉のたぐい、

「原子力ムラ」は内部被曝を問題にすれば原発は安全だとの根拠を失うので、なんとしても内部被曝

既に2012年12月に、「フクシマ」の救援活動・「トモダチ作戦」のため、三陸沖に停泊した原子力空
用としては他の火力発電等の発電用設備とは比べようもないリスクを伴っている。
労役と時間などのコストを冷静に検討してみれば、核兵器の製造という本来の目的がなければ、発電
撃と広範囲に拡散していく放射性物質による低線量被爆の問題、廃炉に当たっての天文学的な費用と
原発としては「フクシマ」で見せつけられたように4基の原子炉の爆発が同時に起こり得るという衝
核爆弾には非戦闘員を巻き込む無差別殺戮と残留放射能の問題が常に付き纏う
っているのではないかと思われる
が見え始めてきたという情勢とを考えると、「核兵器の代替としての原発」の役割りを見直す時期にな
アメリカが世界の覇者であり、それを支えているのが核戦略とドルであるという構図にかなりの陰り
ICRPが内部被曝を認めざるを得なくなった理由はもう忖度するしかないが
日の敵は今日の友となり、今日の友は明日の敵となる
ICRPも利害得失で繋がっている。組織というのは、その時々の力関係で常に微妙に変化する、昨
今のところ、何もない
ただ、それを裏付けるものを探し出すのは非常に困難である
それが絶望の淵で見出した希望のあかり
人ではあるが、持ったのではないかと
部被曝の底知れぬ恐ろしさを知ることができ、これはなんとしても核を廃絶せねばとの思いを一部の
前代未聞・空前絶後の一大事故、「フクシマ」という大きな犠牲を払うことによって、隠されてきた内
しかし、情勢に変化の兆しが現れた
のことは有耶無耶したいのである

母ロナルド・レーガンの水兵、5000人のうち、2000人ほどの人が甲状腺疾患、脳腫瘍、精巣ガンなどを発症しており、そのうち、骨膜肉腫で38歳の、急性白血病で28歳の水兵が亡くなっており、その遺族など8名が、1200億円の損害賠償を求め、サンディエゴの米連邦地裁に東電を提訴した、原告はその後増え、現在239名に、被告にはGEや東芝なども追加。

福島の人を足蹴にできても、アメリカ兵に対しても、東電が同じように出来るか

使用された途端、大量殺戮と引き換えに単なる厄介者と化す、

こういう事情もあってか

核兵器の代替兵器をアメリカは開発中とか。

「フクシマ」で期せずして手にした幸福への試金石だ

かつての核軍縮には政治的な駆け引きがもろに出ていたが、「フクシマ」ではそうではなくて、こんな面倒な核との付き合いにもう疲れた、いやや、やめたって、という感があるみたいだ、

子どもがオモチャに飽きて放り出すように

あと一歩だ、「フクシマ」で核廃絶が実現するのなら、身を捨てて浮かぶ瀬もあれだ、

犠牲を伴わずに悲願を成就するなんてことは、100%安全なものはないのと同じだ

内部被曝とはと、改めて考える前に、専門家でない私たちは経験と知識を汎用化した総合的な「わたし」で捉える

被曝には内外の区別などは初めからない、当たり前のことだ、転んだ時に裂傷ができるが内出血もある、傷口からは血がで、内出血している処は紫色に変色し腫れ上がっている、傷口の手当は勿論、腫れ上がったところも湿布薬を貼ったりする

矢ヶ崎克馬名誉教授は内部被曝こそが問題であると指摘する、当然だ、体内に取り込んだ放射性物質が寝ても覚めても四六時中放射線を出しているなんて、考えただけでもぞっとする
いい加減にしてくれよ、おまえはおんぶお化けかと言いたくなる
水に溶ける核種ならいつかは尿と一緒に出てくれるが、ストロンチウムなどは骨に居座っていつまでも細胞を攻撃する
それに比して、外部被曝なんてどうってことはない、放射性物質から離れればそれですむ
しかし、そうは言っても、避難生活を送っている人にとっては外部被曝との闘いにも終わりはない、古里への離れ難い心情や愛着心、経済的不安、行く末に対する不安、ある日突然地獄のどん底に落とし込んだ東電、理不尽な世、崩壊していく家庭、非力な自己に対する無念さなどが綯《な》い交ぜになり、心に澱となって沈んだまま
逃げ出した古里を思っても、そこは放射能の住み処となっており、どうにもできない。
空間線量が世界基準1ミリシーベルトでなく年に20ミリシーベルトならば
東北の汚染された瓦礫を全国の自治体で受け入れるよう要請していることと整合性がある
原発事故が起きた際の大鉄則、放射能を拡散させない、
なのに、なぜ輸送コストもかかり手間もかかるのに、被災地だけでは処分できないので、という理由でこんな馬鹿げたことをするのか、利権絡みの大手の産廃業者を儲けさせることとか、
いや、そんなケチ臭いことではない、国のやることだ、遠大な計画があるに違いない、
汚染を全国に広めることによって
福島の惨状を私たちみんなで分かち合って、一様に汚染された日本列島で仲好く暮らしていけるようにする、さすれば、福島の人も補償とか言って騒ぎ立てるのも気が引けるであろう、と

そして、20ミリシーベルトに耐性のある人種にする、優生学上の実験の対象にも私たちは選ばれた
それでか、福島県が「放射能に強い子」とかになろうとスローガンを掲げていたなあ、
きっと裏で、何か、私たちの全く知らない大きな力が働いている
だから、一連の不可解な言動に対して、海外から「犯罪国家」・「犯罪企業」と言われても、いつもは
外圧で重い腰をあげるが、「フクシマ」ではそれがない、
福島に人が、子どもまでもがまだ住んでいる
海洋汚染だ、危機管理が全くなされていないとごうごうたる非難があっても、政府・東電が沈黙して
いるのは「なにか」を企んでいるのだと思わざるを得ない、
経団連は何事によらず財界の利益団体であるから金儲けしか頭にない、東電はその有力なメンバー
だ、今までも安全対策上必要だと指摘されても金を惜しみそのまま放置していた
東電は、これは想定外の災害であると、ことある毎に繰り返し声高に叫んでいる
しかし、指摘されながらも放置してきた安全対策上の不備が次々と明るみになった
海側の地下に設置されている非常用ディーゼル発電機を山側の小高い丘に移さなかったこと、これに
ついては、元副社長がインタビューで面白い場面を見せてくれた、発電所の設備図を見ながら、初め
て知ったが非常用ディーゼル発電機がこんなところに、しかも一ヶ所にあるなんて信じられないとの
趣旨の発言、また防潮堤を15メートルくらいにまでかさ上げしなければ安全性を確保できないとの上
申書が取締役会に提出されているのに有耶無耶にされてしまったこと、もともとGE社の原子炉には
大きな事故につながる欠陥があるのに何ら改善されることなくそのまま建設されたこと、
定期的にGE社から点検のために来日する技術者が安全上問題のある箇所を指摘しても、ないこと
にして欲しいと言われて、解雇を恐れた技術者はそうしたこと等など

また、元東電の技術者・木村俊男氏は、「想定外の津波にしておけば責任は追及されない。津波の影響だけなら防波堤と電源確保を確実にしておけば全国の原発を再稼働できる。（これが地震によって）小型の圧力配管が壊れていることが判明してしまうと、原子炉の膨大な配管を全て見直ししなければいけなくなってしまう。そうなると既存の原子炉の再稼働は実質的に不可能である。原子力規制委員会も全てを知っているが、無視している。自民党が事故調査委員会を国会に呼ぶのを嫌がっているのも、このような問題が表面化してしまう可能性を怖がっているのでしょう」と指摘する

東電は地震により送電用の電柱が倒れて交流電源を喪失し、その後の津波によって全電源を喪失したと、一旦は認めたのだ

これだと、交流電源の喪失、配管の破断によって圧力容器の冷却ができず早くもメルトダウンが起きている時に、津波が襲いかかり、非常用ディーゼル発電機も押し流され、全電源喪失という前代未聞の原発事故となった、ということになり、全責任が東電にあるということになる、

だから、その後は一度も「地震とは」言わず、「想定外の津波」によって、このような事態になったと言い続けている

木村氏は続けて、「今の原子炉には100分の1秒単位で状況を記録する装置があり、少なくとも津波で電源喪失になるまでの過程が詳細に記録されている。それを見れば、地震の影響がどうだったのかわかるのに、東電はその公開を拒んでいるのが現状。しかも、東電は地震によって原発に損傷はなかったという結論ありきで、その結論に即したデータだけしか公表していない。全く別のデータで地震の影響なしの話をでっち上げて発表」と、

長い引用になってしまったが、私たちは津波の被害が余りにも大きいので原発も津波で破壊されたとつい思ってしまうが、この「装置」によって記録された事項を検討すれば、地震によってメルトダウ

ンが起きていたか否かがわかると木村氏は言っている。
東電さんもこんな大きな津波には勝てない、とんだ災難だ、なんていつものまぬけ面、
想定外の津波にしておけば東電には何の責任もない、「フクシマ」に関する一切合財は国が激甚災害と
いうことで尻拭いしてくれる、かかった費用は全て税、つまり皆さまのお金を皆さまが進んでつかっ
てくれと言っているのですよ、
アベ総理とて、同じ穴のむじな
吉井議員に対する答弁は、そう、あくまでも想定内のリスクにおいてであって、その範囲内で万全の
態勢を整えてあった、ということです、だから復旧シナリオを必要としないと、そう、述べたのであ
って、今般のような津波は、まさに、まさにですよ、1000年に1度、あるかないかの、大変な津
波で、ありまして、いや、もう、どうにもできませんでした、自然とは、つくずく恐いものだと、思
いましたとかなんとか舌足らずのおちょぼ口で苦しい言い逃れをすると思われる
しかし、地震大国であるのはこの国に住む者にとっては先刻承知の事である
いかにも圧力容器は地震に強そうにみえても、一歩譲って仮にそうであっても、例えば、圧力容器に
つながっている冷却水用の配管が破断されれば同じことで圧力容器を冷却できなくなる、冷却できな
ければ水素爆発なり核爆発を起こす、
ということで、原発がある限り、地震のある度にそういう危機的な日常と背中合わせのなかで暮らし
ていることをしっかり心に刻んでおかなければならないのだ
こと、ここに至っても
木村氏に過渡現象記録装置のデータの開示を求められても、国会事故調査員・田中三彦氏の「1号機
の水素爆発は4階の非常用復水器の配管が地震により破損し、その破損箇所より水素が漏洩して自然

発火して爆発に至ったのではないか」と指摘しているように、地震によってすでにメルトダウンなり、爆発が起きている、その後に襲ってきた津波が事態を悪化拡大させた、と捉えるのが穏当である
それを東電は必死に無視し続けている
一度は地震によって交流電源を喪失したと、つい軽はずみに言ってしまったことが命取りにならないように想定外の津波のせいだと言い続けている
でも笑ってはいけない、うそも百回言えばまことになるのたぐいで、ともかく往生際が悪くとも、駄駄をこねている子どもにも劣る醜悪さでも、お前たちが引き起こした人災だと言われても、ひとの噂も75日で、マスコミを抱き込んだ東電寄りの出鱈目報道が常になされているので、いつしか「想定外の津波」により引き起こされた「フクシマ」となり、東電さんもえらい災難だったということになる。
当然のことながら、激甚災害なので国が復旧事業などの財政援助や被災者の助成等を行うということになる
そんなアホなと思う人はアベ政権下で再稼働する川内原発をどう説明する
アベ総理は「1000年に1度の大地震が起きない限り、冷却系が破損することもなく、燃料棒が焼損することもなく、原子炉が破壊し放射性物質が拡散することなどない、すでに万全の態勢を整えているので復旧のシナリオは考えていない」と、言っているのだが、
なにもわかっていない、圧力容器が地震に堪えても、そこに接続している無数の配管の、幾つかが破断すれば、原子炉は空焚きとなり爆発する、予備の復水器も設置する必要がある、だから、川内原発を稼動させるのは危険だと言っているのだ、今、言ったばかりやろ、
この単細胞発言、あれ、どこかで聞いた

そう、2013年の9月に行われた2020年オリンピック招致に向けた日本の最終プレゼンテーションにお邪魔虫の顔だし、そうそう、そこでだった
アベ総理が行く先々での恥の上塗りも平気の平左で、「フクシマ」の汚染水の問題に言及し、「状況はコントロールされている」「汚染水による影響は福島第一原発の港湾内で完全にブロックされている。日本の食品や水の安全基準は世界でも最も厳しく、健康問題は今もこれからも全く問題ないことを約束する」と言ってのけたのだった
その甲斐あってか、また国際オリンピック委員会は委員会で別の思惑があったのか、ともかく開催地は目出度く東京に決定
私は「フクシマ」を虚仮《こけ》にした、それだけで罪万死に値すと思うと同時に、穴に入りたい
色んな人で成り立っている世であるから当然ながら矛盾を内包する、生きるにあたって必然的に人は、清濁併せ呑むことになる
状況に応じて、「清」と「濁」との間を行き来する
東電やアベ総理も例外ではないが、次第に「清」をなくし、どっぷりと「濁」を呑み、冷血な資本の論理だけを信奉するようになったのであろう
その姿はといえば、すでに東電が忌憚なく示している
他人事のように、また何ら責任のないような、あの態度
糾弾されれば上司に相談するとか、得意のだんまりで、だらだらと時間稼ぎをし有耶無耶にする
儲けの前には被害が拡大し、それだけ命を失う人が多くなっても平気の平左であるには恐れ入りやの鬼子母神となる、
今も心のなかは責任逃れの文言を探し求め忙しく這いずり廻っているのであるが、口から出るのはも

ごもご言葉

ただ一点、はっきりしているのは補償の件には触れない、糺された時には私の一存では答えられない、持って帰って検討させていただくと、また、もごもご

これは、私たちが何かことあるたびに加害者が組織であった場合に常に聞かされる言葉で、何も東電に限ったことでもない。美緒子氏のいう「縦割り組織を利用して誰も責任を取らない」で、という典型的な逃げということ、そういうことだ

第7章　ノウ・モア・ゲンパツ

大分風化したとはいえ、「ノウ・モア・ヒロシマ」と私たちは一度くらい大声で叫んだことがある
8月が来れば、広島・長崎で原爆による犠牲者の追悼式典が行われ、形骸化しているとはいえ総理も出席する、各国の代表も参列する
しかし、「ノウ・モア・ゲンパツ」と叫んだ人がどれほどいるのだろうか
1966年に東海発電所に始めて「原子の火」灯る、と正力松太郎が自身の読売新聞で大々的に、また誇らしげに報道した
それ以来、原子力発電の裏の面と手に負えない放射性物質の危険性を隠すために、安全でクリーンなエネルギーが原発だとの「安全神話」を私たちに思い込ませるために
毎年、毎年、電力会社10社で1000億円、そのうち東電は260億円もの金を広告宣伝費という名目で政治家、官僚、学者、マスコミへの対策費として遣い、また原発展示館などをつくって盛んにPRして、原発はすばらしいものだと喧伝し続けた
実際の広告に使われたのはほんの少しで大部分は「原子力ムラ」に流れており、その金の遣い方たるや、私たち庶民の感覚では理解し難い、一例を挙げると講演料が500万円とかである
このようなお金も総括原価方式による電気料金に上乗せられている、お人好しの私たちは、2時間足らずの「原発賛美」の講演会に行くと、500万円だから1分ごとに、何かくだらぬことをしゃべる

声と同時にカチャと4万円が講師の懐に入る音を聞く羽目になる
不思議でならないのはこんなに野方図な金の遣い方をしているのに、1号機は421億円で解体費用をまかなえると試算していることだ、1号機から4号機を合計しても1523億円、どうしてこんな見積もりが出来るのか、
事故を起こした原子炉の解体だ、アメリカでは、1基あたり1兆2000億円と試算している例もある、そのうえ、補償だ、賠償だ、放射性廃棄物の処理費用だということになるので、一説では後始末の総費用は50兆ともいわれている
東電は国税を当てにしているが、これは到底ゆるされることではない、しかし、今まで銀行やJALなど、税を投入して救済してきたので最後は税金の投入となる
それにしても50兆円といえば1年間の歳入である、途方もない額である、これほどのお金であってもお金の問題はいつかは片が付く。それより何より「フクシマ」から放出された放射性物質はこれから半永久的に私たちの肉体を、精神を痛め続けるのだ。
チェルノブイリでは、避難した52万人の人の資産の補償、移転先での住居や仕事の斡旋、医療費など様々な支援を行った、5兆円ほど費消したとかであるが、これで終わったわけではない、今なお国家予算から毎年の支出がある
「フクシマ」はどうなるか
国の体制も違う、財政規模も違う、貨幣価値も違うが、到底5兆円ではすまない、国は10兆円の支援を東電におこなうようであるが、これでも足りない、それだけ原発は途方もなく多くの人の命を奪い、天文学的といっていいほどの多額のお金を食う代物だということ。
加えて、受難は7代までつづく、7代と言えば江戸は元禄までさかのぼる、元禄期の人が電気・ガス、

スマホ、テレビ、飛行機など想像できたであろうか、そんな年月に至るまで遺伝子に悪影響を与え、
奇形児などの問題を生じさせる
原発の解体についても、成長する産業に人が集まっても、衰退する産業に人は集まらない
ガウディの死後100年に当たる2026年に完成させようと、世界遺産サグラダ・ファミリア聖堂
ならガウディの遺志を継ぐ逸材も来ようが、悪の世界遺産「フクシマ」ではなあ、人がくるか
サグラダ・ファミリア聖堂は費用もすべて浄財であるのに対して、「フクシマ」は電気料金と血税、そ
れよりなにより「人の安らぎ」と人の命を奪った「フクシマ」とでは、もう月とスッポン

第8章　さてと、対策だが

第1次対策として
　避難している15万の人は全員、ホットスポットになっている地域の人も含めて
①土、家屋の時価相当での買い上げ　②移転先での住居、仕事の斡旋
③被曝手帳の発行、医療費の無償　④定期健診の実施
⑤慰謝料　⑥就学の斡旋、その他
⑦自主避難した人の補償なども同様の扱い
(註)東電の完全な国有化、16兆円と言われている東電の資産は国庫に、5・2兆円の内部留保も
第2次対策　第1次対策がすめば、
福島県を全面立ち入り禁止としたうえ、補償は一次と同じとし、残りの福島県民約180万人の移住
•福島県を迂回する交通網の整備
•敷地内に核のゴミ施設場の建設
約197万人の移住先が必要となるが、全国で空き家になっている820万戸のうち、西日本にあり、条件にあうものより入居
これ位のことを行っても世界一の対外資産を持つ金持ちニッポンとしてはびくともしないであろう。

また、原発は膨大なリスクを抱えているのでこりごりだという国民のコンセンサスがある今、これだけの思い切った施策をとっても国民の理解を得ることができ、
「ヒロシマ・ナガサキ」に加えて「フクシマ」の示した惨状そのものが「核の抑止力」になっているのを知る。
そして、多くの人は驚くと思うが、原発は軍需産業であり、電力会社がそれを担っていることを頭に畳み込んでおく。
55年に制定された「原子力基本法」には
「核燃料サイクルを確立するための高速増殖炉及びこれに必要な核燃料物質の開発並びに核燃料物質の再処理等に関する技術の開発」とある
これにより、原発は民間の電力会社が行うが、電気事業は公的な事業として位置づけられ、原発の技術開発を絶えず行っていく。そして、その技術でもって、本来の目的である核兵器の製造を行うと、高速増殖炉、「もんじゅ」と名付けた原子炉で使用された核燃料から兵器用の純度の高いプルトルウムが抽出されることによって、高速増殖炉型原発は核兵器製造器の別名だということになる。
これでいよいよ原子力基本法の草案を起草した中曽根康弘大勲位らの悲願の達成となるのだが、
平時においては、金のなる木となっている、
金儲けに「社会的正義・国益」など全く関係ない、そこに働くメカニズムは冷酷な資本の論理だけで、財界を主にして、政界・官界・学界・マスコミのボスで構成された巨大な利益集団、これが「原子力ムラ」。
誰れそれがどこそこで関わりながら、全体が闇の中で動いている、
誰がどの様な役割を担っているのかも分からない、いわば「原子力ムラ」の力学の下に蠢いている、

「もんじゅ」を稼動させるのはもちろん核兵器をつくるためであるが、稼動していなくても金のなる木にちゃんとなっている

金のなる木は他にもいろいろある、その一例、

アメリカ訪問を終えたアベ総理は、防衛省では要望していない、アメリカ側の提示した、一機212億、総額3600億円のオスプレイ17機を購入する予算として、2015年度分は、5機、516億円を計上した、

日本側は103億円、米軍は、製造元のボーイング社から50億円で購入。

ボーイング社の儲けはともかくとして、アメリカの国防省がオスプレイ1機を50億円で購入、それを日本に212億円で又売り、(日本が103億円で転売してもらえない場合)商売にうとい私でも、いくらアメリカがえげつないといっても、アメリカが162億円の利鞘を一人占めするとは思えない、あとは考えて下さい

ともかくボーイング社とアメリカ政府はボロ儲けして、私たちは身ぐるみをはがされるということ、

アメリカよ

そなたの基地が地勢的な意味で沖縄に集中しているのも目障りだし

そなた製の戦闘機など軍需製品を言い値で買わされるのもしゃくだし

核を持ち込まないという事になっていても、そなたの原子力空母が常に停泊している

首都圏の制空権はそなたの軍が握っており、私たちの飛行機は統制下にある

何もかもがなし崩し的に行われてきた

こんな理不尽なことがまかり通っているのは日米安全保障条約があるからだ

サンフランシスコ条約によって占領が終結し、独立したはずの60余年間

そなたに片肺をもぎ取られたまま今日に至っている
だれがみても独立国なんてものではない
いびつな国　ニホン　にっぽん
アメリカの押し付けた憲法だから改憲だ、国を守るには丸腰ではできない、愛国心の象徴である日の丸を掲げよう、原発がくれば貧乏な村が国からの交付金や電力会社の寄付金で豊かになり、二束三文の山も高値で買ってくれる、働き口もできるのでもう出稼ぎにいかなくともええ、けっこう尽くめだ、放射能がこわい、広島のピカドンだって、バカ言え、あれは爆弾じゃ、これは電気を起こすもの、会社のえらいさんが何度もいっとったじゃろ、核爆発なんて考えられない、五重の守りのある原子炉だ、放射能漏れなんて絶対ない、大丈夫だって、これでええんじゃ、わしらには関係ねえ、万が一、放射能でカタワの子が生まれても、それは子や孫の代のことじゃ、今のわしらには関係ねえ、それでいい、声がつぶやきの音となって、なおもつづく

3・11の前夜は深更というのに鳥が騒いでいた
網戸に顔を出していた虫が消えた
部屋の電波時計はしづかにとまった
私はと言えば、かってない激しい頭痛に襲われていた

政府は当初あきれる程の暫定基準を示した。
食品1キロあたり500ベクレル
これは全面核戦争に陥った場合に餓死を避ける為にやむを得ず口にする食物の汚染の上限を現わす

数値である、飲料水にしても1リットルあたり３００ベクレル
しかし、裏を返せば、それ程ひどく汚染されたということだ
こんなところにも事実がぽろりと顔を出す。
天網恢恢疎にして漏らさずで、事実を何から何まで隠し通すことなんて、どだい無理というものだ
それにしても、新たな基準にしたのは２０１２年の4月である
一年余り私たちはこんなにも酷い汚染まみれの食べ物であっても大丈夫、安全だと、政府のお墨付けを頂いていた
しかも産地偽装が行われていたり、検査洩れや杜撰な管理体制などでもっと汚染まみれの食べ物が出回っていたと思われる
盛んに風評被害やとか、生産者の身にもなってみよとか、政府の保証済みだからと言われても、もはや政府に信を置く事なぞ出来ないし、感情論にすり替えられても困惑するだけだ
すでに福島県で36％の子どもに甲状腺にしこりがあると報道されている
10歳の子どもが成人式では病気自慢の話で大いに盛り上がっていることであろう
しかし、一人になると、なんでやと闇に向かって嗚咽
池の面には今にも飛びこもうとしている暗い顔が映っている
不安に駆られて、どの程度の汚染地帯で暮らしているのかと確かめたくて情報を集めようとするが、
文部科学省が発表している空間線量の件でも、
モニタリングポストに小細工をして実際よりも大幅に低い線量が出るようにしていたではないか、
さらに矢部史郎氏の〝国の言う「空間線量」はでたらめです〟という話になれば、もうあほらしくなる、
氏が文部科学省に問い質したことで、要約すると

国が定める空間線量の測定はシンチレーションサーベイメータで行うとし、シンチレーションサーベイメータはガンマ線をカウントし、そのCPMに係数をかけて、シーベルトにしている、

放射性物質にはアルファ線を、ベータ線を、ガンマ線を出す核種があり、ガンマ線を計測しただけでは、土に触れたり衣服に付着したベータ線などの影響は勘定していないことになる、そのことを聞くと、文科省はそういうこと、(ガンマ線以外)ないものとして考えている、と

あきれて口をぽかん

国等の公的機関が公表している放射性物質を計測した数値は、実際よりはるかに低い数値であり、しかもガンマ線だけの数値に過ぎない

こんなデタラメを平気でおこなっている、

では、代表的なIAEAはどうか

ハンス・ブリクスの世迷言がよく取り上げられる

彼が1981年から1997年まで事務局長だった時、「原子力産業の重要さを考えれば、チェルノブイリ規模の事故が年に一度くらいあっても、それで良しということだ」「チェルノブイリでは、昨年ブリュッセルで起こったヘイゼルサッカー場の乱闘事件ほどにも、人は死んでおりません」「もうあと一年くらいの間に、ベラルーシやウクライナの避難民たちは、皆、故郷に帰れる」と、ドングリの背比べだ

驚くべき人間性の欠如

次に、ICRPであるが

緊急時には20から100ミリシーベルト、緊急事故後の復旧時は1から20ミリシーベルトと勧告し

ており、「フクシマ」についても、日本政府にこう提案した
これを受けて、政府は、１年間の被爆限度となる放射線量を20ミリシーベルト・毎時３・８マイクロシーベルトに変更した、
ところで、この20ミリだが、海外からごうごうたる非難を浴びている、さもありなんである
大人はこれだけの放射線を浴びても「フクシマ」を起こしたのだから自業自得か
しかし全く罪のない子どもがこんな理不尽な目にあっても黙ってみておれというのか
同じ放射線を浴びても細胞分裂の盛んな乳児なら大人の８倍、幼児なら５倍もの影響があると言われている、年に乳児は１６０ミリシーベルト、幼児は１００ミリとなる、
ただちに健康に影響が、ある、あるのだ
しかし、政府・県は何事もなかったことにしたくて避難生活を送っている15万人の人たちを帰還させようとしている
最近になって避難区域の見直しが行われた。
年間積算放射線量が50ミリシーベルト以上の区域を「帰還困難区域」、20から50ミリ以下の区域を「居住制限区域」、20ミリ以下の区域を「避難指示解除準備区域」とした
馬鹿げた話だ、許容限度量を20ミリシーベルトにしておいて、なにが「避難指示解除準備区域」とか「居住制限区域」だ
「避難指示解除準備区域」などはもはやないことになる
さすがに50ミリシーベルト以上の区域は誤魔化しようもないので、ここだけを「死の地」にして、居住者を移住させ補償する、50ミリ以下の地域の避難者は帰還させると、随分と安上がりなことだ、
他の事なら我慢することもあるが、放射線の影響は「いのち」に直接かかわる問題である、

意図的に低い線量を公表して、その線量でもって50ミリ以下の地域に住んでいた避難者にこの程度の線量であるから放射能の心配はないと帰還させようとしている
今では、さんざん嘘をついてきた政府や東電の言うことを信用している人は少ない、それでも汚染された地に住んでいる不安からなにがしかの拠り所が欲しくなり、つい政府の言動に惑わされる
ガンマ線だけの空間線量、それも意図的に低く提示された線量の数値を
当初は気を付けて見ている、そやそや、これは当てにならない数値だった、あほらし、見ても見なくてもええ、こんな数値を公表してバカにしているのか、怒る、あほらしくなる、怒らなくなる、もう面倒くさくなり関心をなくしていく、私たちには日々の生活がある、政府はこれが生活だ、そして政府・東電の思惑通りにことは運んでいく

長らくのご乗車ありがとうございます、列車はまもなく郡山に到着します、と車内放送。
随分と道草をくった、郡山はどうであろうか
毎時3・5マイクロシーベルトということだ、年30・7ミリで国の基準20ミリシーベルトを超えて、問題ありだが、この程度なら、まあいいじゃないかなあ、とも、
本当にそうだろうか
空間線量は毎時3・5マイクロシーベルト、これは1・5倍の5・25にした方がよく、これが本当の数値、内部被曝は不本意ながらICRPの説に従って外部被曝と同じ線量で5・25、合わせて毎時10・5マイクロ、年に92ミリ、せめてこうしなければ、と
30・7ミリと92ミリとでは大変な違いだ
3シーベルトでは50％の人が、7シーベルトになると99％の人が死ぬ

10年後には、郡山駅周辺の人は、920ミリシーベルトの積算量になっている、乳児は8倍の影響で7360ミリシーベルト、これでは乳児は10歳の誕生を迎えることなく全員が被曝死。幼児は5倍で4600ミリ、中学に入学する頃には6・9シーベルトとなり、ほぼ全員が被曝死
乳児や幼児は大変だ、と思うのは早合点
成人式を終えた青年だって大変だ、30年後は50歳、積算量は2760ミリになるので約半数は死んでいる、残りの半数の者も白血病などを患ったり、鼻血がたびたびでたり、髪の毛が抜けたり、下痢と便秘の繰り返しが続いたり、尋常でない身体のだるさが続くなどの症状が出て、日常生活が人並みに送れなくなっているのだ
ちょっとその頃の町の様子を想像してほしい
10年後には、もう子どもがいないといっていい程の状態
30年後には50歳の熟年世代が消えようとしている
こういうことで、郡山駅周辺は30年後には「死の地」になっている
行政の発表している毎時3・5マイクロシーベルトの郡山の汚染とはこういうことを意味しているのだと私たちはリアルに想像しなければ何も見えてこない
学生の頃、家庭教師先の父親が苦い笑い顔で、僕の世代は人が少ないので出世が早い、と言っていたのを思い出す

第9章　歴史はめぐる

アメリカの核による世界戦略の下、広島・長崎の原爆投下以来一貫して
内部被曝は「無き者」とされてきた
放射線が圧倒的な殺傷力・破壊力のみならず7代にまで遺伝子に影響を与えるとなれば、これはもう
兵器という概念を超えた、「人間そのものを冒瀆する悪魔の使者」とでもいうべきもので、即刻廃棄せ
ざるを得ない代物であることは誰の目にも明らかであった
その後の原子力産業の中核をなす原発においても、ウラン鉱山の採掘に始まって精製・加工、そして
原発へと、それらのどの過程でも不断に放射性物質を大気中に放出している
しかし、問題にされても外部被曝だけ
それも誤魔化した低い数値の空間線量、加えて、ストレスでガンに、たばこで肺がんに、ホールボデ
ィカウンターの検査では健康に影響なしと、うるさいこと
ただ、ホールボディカウンターの件は重要なので少し触れておこう
これは、2011年6月から2014年12月までに実施した23万8527人、全員、健康に影響が及ぶ
数値ではない、とのことで、あとは実施日と検査人数だけを公表している福島県に驚き、桃の木びっ
くり仰天
ガンマ線を放出する核種のセシウム134・137、カリウム40、ヨウ素131などを計測した数値、

ストロンチウムやプルトニウムなどは計測できない、計測に要した時間は3分、最低これ位の説明が必要だ、「健康に影響が及ぶ数値」の説明も必要だ
矢ヶ崎名誉教授は3分やそこらで検査できるものではないと言う
だとしたら、なんのための検査か、ああ、そうか、私と同じ疑念を抱いた「もみの木医院長・川口幸夫」氏に語ってもらおう
「事故から1年、これからの時期にホールボディカウンター検査をしてもヨウ素131は全く検出できませんし、もともとプルトニウム、ストロンチウムは全く検出できません。したがって、ほとんどの人が内部被曝が無かったとされます。実際は、ヨウ素の大量被ばく、プルトニウムとストロンチウムもかなりの量を内部被バク、セシウムもそれなりに大量に被ばくしているのに」「住民の検査をしたが、ほとんど内部被ばくはなかった。従って、今後ガン患者が増えても、原発事故によるものではない。こういう結論がほしい」と。
私でも逆の立場なら「そうだよ」と言う、そして
「原発村の学者は、内部被ばくを十分に調べた、外部被ばくも測定したが、内部被ばくはほとんどなかったのでガン患者が激増しても原発事故のせいではない。原発事故の住民への影響はなかった」のだよ、はははと笑う
最後は高笑いしながら、「数年後あるいは10数年後にガンを発症しても、担当者は、きっとこう言うはずです。『だって、ホールボディカウンター検査で内部被ばくがないと言われたんでしょう、だったら、ガンになったたって、それは原発事故のせいではないですよ。日ごろの健康管理が悪かったんじゃないですか』」と
ひとの「いのち」まで金にするのか、と怒っても、「そうです」と言われたら、どうする、

不快なことにも目を閉じず対処しなければ、ただの卑怯者か奴隷です
改めて、意地悪く、今一度お聞きします
日本の三大死因はなんですか
きまってんじゃないか、何度言わせるんだ、ガンに心疾患に肺炎だろ
懲りない人だ
何言ってんだ、ガンが一番ってえのは間違えねえ
それが違う、ガンも心疾患も被曝が引き起こしているから本当の死因は放射能です

戦後、各国で原発の建設が盛んに推し進められてきたが、その端緒を開いたのがアメリカ、「ヒロシマ・ナガサキ」での内部被曝を一切「無き者」としたことで可能になった核兵器被爆国の日本に内部被曝に触れてはならぬと強要することによって初めて核兵器の使用を可能にした、しかし、こうまでしてアメリカが「核」により第二次世界大戦後の世界の覇権を握ったからといって、朝鮮戦争でもベトナム戦争でも核兵器を使うべしとの論は少数であった、
戦後の国際社会が核兵器の使用をそう易々と許すはずがないのを他ならぬアメリカ自身がよくわきまえていた
そうせざるを得なかったのは「ヒロシマ・ナガサキ」のみせた呪縛力
マンハッタン計画の責任者であったオッペンハイマー博士が、私の手は血で汚れていると叫んでも、また水爆には反対したとしても、核兵器の先鞭をつけた罪は死ぬまで背負っていかねばならなかった。
確かに世界の核兵器の95%を保有するアメリカとロシアとの間で核兵器の削減が行われている
核戦争になれば、それは人類の滅亡を意味するとの共通認識があることや、オバマ米大統領が新世代

兵器の開発を推し進めており、「核のない世界」を標榜していることなどから、核兵器の保有に執着する北朝鮮やイランなどの動向があるものの、それだけ核戦争の脅威からは解放されたといっていい、

双子の兄弟の、もう一方の原発については、世界に431基ほどあるうち、アメリカ、フランス、日本の3国でほぼ半分を占めるが、アメリカは30年ほどの稼働期間を過ぎた原発から順次廃炉にしていく方針なので、あと半世紀もすれば原発はなくなる（最近、オバマ大統領は新規の原発建設を行う旨の発言）、しかし、一方、めざましい経済発展を遂げているアジアなどの途上国では慢性的な電力不足から原発に依拠しようとしている

なかでも中国は世界一の原発大国を目指している、稼働中が19基、建設中が29基、計画として225基、なんと273基の驚くべき原発大国への道

石炭・石油などの化石燃料やウランから脱却し、太陽光・バイオマスなどの再生可能エネルギーで生活が営まれるようになるには来世紀を待たなければならないということか

ここで、私たちが覚えておかなければならないのは、中国のPM2・5にみられるように工場からの煤煙や自動車の排ガスによる大気汚染で、毎年、世界で600万人の人が亡くなっているという事実である

化石燃料の負の面がこれである、しかし改善の余地はある

一方、ウランについては、今、縷々と述べているようにそれとは比べようのないほどの負の遺産を何代にもわたって後の世代に押し付けているだけで核のゴミ処理すらできない

まだ28年しか経っていない、それとも28年も経ったのにといおうか、チェルノブイリでは年に5ミリシーベルト以上を示している地域は今も線量は変わらずそのまま立ち入り禁止区域になっている

ところが、郡山など同じ線量の地域に対して政府は知らん顔で、人々も立ち入り禁止区域になってい

ないので安全だと思って、今まで通りに暮らしている
この、年20ミリシーベルト、毎時3・8マイクロシーベルトは国の都合で変更されたもので、チェルノブイリ事故の4区分の、放射能汚染の第2の義務的移住区域に相当する
ここで、一つ、面白い、いや面白いと言っては顰蹙《ひんしゅく》をかうが、ともかく地球上で最も放射能に汚染されている三傑を挙げられますか
2011年の9月にブラックスミスがベスト10を発表していた、時期にも注意して下さい
私は「フクシマ」やチェルノブイリや千回近く核実験を行ったネバタ核実験場などを思い浮かべたが、やはり1位は「フクシマ」だ、もう、この時期に最悪の事故だとみなされていた
おくれをとって2位がチェルノブイリ、3位がキルギス共和国のマイルースーとかで、ネバタは10位にも入っていない、代わりに、あの光り輝く地中海が8位に登場している
かつて大量に不法投棄された、核廃棄物をつめたドラム缶の腐食がすすみ、漏れ出しているとかで、
そう、そうなんだ、大の大人が後先も考えず、今さえよければいい、と
地中海にドラム缶を捨てていたとはこれまた驚き木桃の木だ
　ただちに健康に影響はありません、それでは太平洋も、となるのでは
40年ほど前に目の当たりにした光景
入り江では大勢の家族連れがはしゃいでいる
ゴマメのような岬を隔てて向こうに敦賀原子力発電所がある
高台に立っている私にふたつの光景が混ざり合っている
踵を返し発電所の方に行こうとした私を子どもの甲高い声がまといつく
じっとりとした夏の風に乗っていつまでもまといつく

ほんの近くかと思ったが発電所は入り江を回り込む先にあるのでかなり歩いた
夏草の生い茂った処には鉄条網が立ちはだかり
部外者立入禁止のプレートが掛っていた
回り込むと突如コンクリートの高い塀になっていた
どこか潜り込める処がないかとうろうろしながら
なにをしようと思っていたのだ
手には握り占めたダイナマイトがある
汗がじとじと浸み込んでいく
守衛がいなかったので難なく正門より構内に入ってみたものの
すでに小一時間は経っているが誰とも会わない
改めてどぶねずみ色の建物を首が痛くなるほど見上げる
巨大な排気筒からごうごうと噴き出している白煙
そして、風もないのに煙がたなびくと建屋もゆるりと揺れた
その時だ、閃光のようにぱしと走ったウラン２３５が私を一瞬にして切断した
思わず倒れた私の手元で炸裂したダイナマイトの描いた赤い絵
原子の暴走によって打ちのめされた私
そして事去り時移りて
誰もいない夏の昼下がり
這うようにして辿り着いたバス停で
日に2便だけのバスを待っていると

快い疲れにうとうとした子どもを乗せた車が砂塵を私に浴びせ通り過ぎて行った
だが確かに私は見たのだ
砂嵐が車を舞い上げ
放り出された子どもが奇妙な声を上げた、その先にひとかけらの鉱石を
青白く光るウラン鉱石を
　確かに見た
これ程までとは
アインシュタインは広島への原爆投下に強い衝撃を受けた
頭をよぎったのは、ルーズベルト大統領に送った「原子力とその軍事利用の可能性について」の書簡に署名したこと
これがマンハッタン計画につながり原爆の製造となったこと、投下する都市は日本人の心のふるさとである京都にと主張したこと
だとすると、舌を出すか
今後は原発については迂闊に言えない
原子力でお湯を沸かすのは最低の方法だと、これだけは言っておこう
私たちは国と電力会社にやはり殺されることになっていた
また背後にアメリカがいたこともはっきりしたが、もうそんなことはどうでもいい

第10章　走為上

占領下に置かれていた日本は独立国になっても今日まで70年近く、アメリカの属国として位置づけられていた
それは独立への道を模索しなかった私たちの世代に責任がある
米ソの冷戦時代にはソ連の赤い核に対する防波堤となりながらも、汗水垂らし、焦土と化した国を復興させた
それどころか、エコノミック・アニマルと揶揄されながらも経済大国にまでなった
占領下の日本の統治に当たったマッカーサー司令官が、真意はなんであれ、「日本人は12歳だ」と看破したのはその通りであるが、「少国民」は経済戦争の戦士として突き進んだ
GDPではアメリカに次ぐ世界第2位となり、奇跡の復興とおだてられ、紙屑同然のアメリカ国債を110兆円も買わされ、「ヒロシマ・ナガサキ」を忘れ、核の平和的利用との見え透いた策略に惑わされて、原子力発電所を次々と建設していった
核兵器と原発とはコインの裏表であり、「反核」に反する、いや核兵器よりも原発の方が質の悪い鬼っ子であることも考えず経済を優先させた
そこに、「フクシマ」が地震・津波による事故というよりも東京電力の引き起こした人災という事件の

構図が浮かび上がってきた
東電が、津波による激甚災害で責任を問われる筋合いではないといくらうそぶき、当事者意識の全くない無責任な対応で処しても
被曝者の心を忖度することなど寸毫もなく、政府もメディアも同じであっても
私たちは、日常に戻ってはいけない。何事もなかったかのように、「フクシマ」は気の毒だ、でも、私でなくてよかった、嫌なことは水に流してと、それにしても東電もあんな大きな津波にあってはどうしようもなかったのだろうと、絶対に口にしてはいけない。
すんだことは水に流して、
ところが、生憎と原発の事故ではこれは通用しないのだ
嫌なことが永遠に続くのだ、手打ち式は永遠に訪れない
現在もこれから先も、水に流そうが流さまいが、そんなことに全く無頓着に私たちは多少の差はあっても全員が被曝し、それがいつまでも続く
無味無臭無色透明な放射能が支配する汚染地帯にいる限り、被曝は避けられない
困ったことに、低線量被曝の場合は体内に蓄積された量が一定量以上になって初めて症状がでるので数年、十数年先となることである。
当座は、放射能、放射能と騒いでも、ほら、痛くもなんともない、ぴんぴんしているではないかと言われると黙るしかない
でも、少しは想像してみてください
腐敗臭を放っており、追い払っても追い払ってもまといつき、ほんの少しでも油断するとするすると口から鼻から毛穴から潜り込もうとする

それでなくとも剝き出しの顔などに触れられただけでたちまち赤く爛れてしまう

そんなゾンビみたいな放射能が私たちの空間を満たしていると想像するのです

尽きることのない命を持っているのはゾンビの方だ

死ぬまで付きまとわれる、どうですか、あなたは耐えることができますか

では、どうすれば勝つことができるか、兵法三十六計にすでに述べられているではないですか

私たちは「逃げる」ってのは卑怯だと、つい思いがちである

それはお金や権力に縁のない私たちの持っている感情なのです

ところが、世の成功者は「走為上」、走《に》ぐるを上と為すで、兵法三十六計の最後の計にある、「逃ぐる」のが最善の策だということを心得ている

敵と対峙した時、全く勝ち目がないと思われる時に取りうる行動は1つしかない

全員が逃げて、次の機会に勝利を治める可能性があるか熟慮する

そして、核を封じ込める手立てや無毒化を図る研究を最優先の課題と心に誓い、「走ぐる」

今、「フクシマ」の関係で原発はすべて停止している、だからといって特に不都合なこともない

電力会社は停止していた火力発電を稼働させるので原油や液化天然ガスを大量に輸入しなければならなくなり、コスト高になっている、

いづれは産業用も家庭用も値上げをお願いせざるを得ない、とかなんとか言っているが、これも原発を早く再稼動させたいための「うそ」である、原発を稼動させた方が旨味があるだけのことだ

現在では火力発電の燃料は主に液化天然ガスであるが、その輸入量は3%増えているだけ、コスト高の一番の原因は円安にある、よく使う手だ、しかし原油安については知らぬ顔をする、2つ本当のこと、1つうそを言って、結論で「うそ」をいう、誰でもうそを言う時は、話の丸ごとをうそで固めた

りはしない
もう電気料金については騙されることはない、原発絡みで世界一高い不当な料金であるのを知った、
自家発電に切り替えた企業もかなりある
火力発電であれば電気料金はぐっと安くなる、
それよりなにより原発が事故をおこせば、東電のように「人のいのち」など虫けら扱いにしても兆単
位の事故処理の金が必要になってくる
のう、東電よ
事故を起こした当事者なのだから、本音はどうでもいいから、事故の原因究明と廃炉に向けての作業
と、被災者への救済に向けての取り組み・補償に専念したらどうか
柏崎刈羽原発の再稼働とか、もう、そんな寝ぼけた冗談は聞き飽きた
広島・長崎への原爆投下以来、1963年に大気圏内の核実験を禁止する国際条約が締結されるまで
に行われた大気圏内での502回の実験、それをも含めて現在までに2379回の米・ソ連・中国な
どが行った核実験、それは広島に投下されたリトルボーイの3万5000発分に相当する
そしてチェノブイリの大惨事、スリーマイル島の事故
また、ウラン鉱山・ウラン製造工場・原発などが日常的に撒き散らす放射性物質
地球はかなり汚染されている
今回の「フクシマ」で、2011年3月21日と22日に雨とともに東京に降り注いだセシウム137は
1963年の1年間での核実験時の2・8倍であると環境放射能研究者の市川龍資氏は述べている、
ガンが死因の1位になったのは排ガスや食品添加物などに原因があるともいえるが、なんといっても
核実験によって撒き散らされた放射性物質が体内に取り込まれ、細胞を痛め、晩発性の被曝症が発症

する時期になったからではないかと思われる
1970年代頃から乳ガンが増えたのもそうではないかといわれている
しかし、因果関係を解明するのは非常に困難である
放射能障害について診断を下せる医師はほとんどいない、治療法はこれといってない。
しかし、それはそれで仕方ないと放置できる問題ではない

第11章　無音の世界で白昼夢はまわる

汚染された地で生きていく
2011・3・11以降、「フクシマ」を教訓にして
放射能は何としてもくい止める
今なら何とか汚染も限定的だ
それには、世界にある431基の原発全部を廃炉にする
電力不足に悩む途上国の原発への依存や中国が目指す原発大国への対応は絶望的かと思われるが、なさねばならぬ課題である
その間は、従来の化石燃料に依拠せざるを得ないが、化石燃料がもたらすのは公害や地球温暖化であるとの認識を共有し
新エネルギー・再生可能エネルギーへと180度梶を切る
対策費はGDPに応じて各国が拠出した分担金を基金にし、各国に相当額を配分する。
技術支援は別の規定に従って行う
こんな子供だましみたいな考えで各国が手を結ぶと思っているのかと笑われることは承知している、
そこは落ちぶれたとはいえ、世界第3位の経済大国、金持ちニッポン、世界一の債権国ニッポン
海外援助を惜しまない太っ腹なニッポン、ごちゃごちゃいうより出番と心得るのだ

ち、ちょっと、その前に聞いてください
2009年度の一般会計は89兆円くらいであるが
これとは別に、国会の審議・議決もなく執行される特別会計なるものが370兆円程もある、
本来の予算は一般会計と特別会計を合わせた459兆円を審議・議決しなければならないのに、国会で審議されるのは89兆円の一般会計だけという、日本以外にはない、とんでもないことが行われている。ある年には43兆円が剰余金となるなど、余りにも杜撰な特別会計、
不正な執行であっても有耶無耶にされている、そんなことを毎年毎年繰り返しやっている。
2003年当時の塩川財務大臣が「母屋（一般会計）ではおかゆを食べて辛抱しているのに離れの座敷（特別会計）で子供がすき焼きを食べている」と揶揄しても塩川氏は政権与党であったので無事だった。
その前年には
特別会計や特殊法人をめぐる不正な税金の流れを追及していた野党の石井紘基民主党議員が自宅玄関先で刺殺されるという事件があった、
それもそのはず、毎年、一般会計から50兆円ほどが特別会計に繰り入れられ、他の保険料などの歳入と合わせ、総額370兆円ほどの特別会計だ、それを財務省の主導のもと、各省の自由裁量で執行される、言葉を換えれば、各省庁の独断でつかえる、率直に言えば、官僚がやりたい放題に、税金や保険料などを湯水のように使っている、会計検査院の検査も入りにくいとなれば、利権の温床となり、天下り先となり、自民党の族議員が暗躍する場となるのも必然の成り行き
459兆円のうち、370兆円という、目の玉が飛び出すような税金や年金などの保険料を私たちが選挙を通して負託したわけでもない官僚が勝手気儘につかっているなんて、信じられますか、
「力」の源泉の大きな一つが「予算」の執行、となれば、自民党政権よりも官僚組織の方が強い、

だが、官僚は大抵小心者だ、取り巻きがいるから尊大ぶっているだけで、一人では何もできない、自民党政権よりも官僚を各個撃破するという視点にたてば、例えば「核燃料サイクル政策」も責任者を出せというふうに追求していけば、威丈高であっても粘り腰でいけば腰砕けになろう、夜討ち朝駆けも効果があろう、

力のあるキャリア官僚でも周囲から浮いてしまうと尊大から一直線、脅えた上目遣いでおどおどするだけだ

大仕掛けの芝居には当然のこと、念入りな下準備がいるが、脅迫は警察や検察の壁が立ちはだかり、身の危険がある、

そんなことより、ヤツラの弱点を突く戦法でいく、泣き所と言えば、一つ、ヤツラは利害関係・上下関係でつるんでいるだけ、今日の味方は明日の敵、敵も味方に早変わりの俗臭ぷんぷんの世界のダニであるから、そこに混乱を持ち込む、相互に対立させ、偽情報を流し、見せ金でつり、婉曲的な脅しを執拗に繰り返し、儲け話を持ち込み、酒・女の接待をするなどして、不信の渦巻く状況に持ち込む、こういう手合いは、案ずるより産むが易しの典型的なケース、根が小心、動揺に動揺を重ねたらぐしゃとなる、そして官僚が公僕になれば、それでいい

日本の財政の健全化がはかれる、これでうまく特別会計を廃止できれば、

もうひとつ、対外純資産のうち、売るに売れない100兆円余の米国債についてだが、

これについては、人殺しの原発を廃炉にするための基金が必要だ、手持ちの米国債を基金にするのだと至る所の公の場でぶちあげる

この「公の場」をうまく使いこなせれば、世論を味方につけることができ、表立ってアメリカは米国

債売却の妨害にでてこられない
密室で遣り取りするから圧力に屈したり、利益誘導におちてしまう
何が何でも公開の場で行う、そうすれば、これも案ずるより産むが易しとなる
勇気とは無理だと思わず一歩踏み出す、そういう心意気をさす
そして、「フクシマ」を引き起こした当事国として、GDPに応じた分担金を上回る分担金として、この米国債の売却金をすべて拠出して、「原発基金」を発足させる
「フクシマ」の被災者に対する補償も廃炉にかかる費用もそこから賄う
世界を汚染した罪滅ぼしの、ほんの少しではあるものの、取り得る行為だと示すことができる。
3・11以降の原発なきあとの日本として、しかし汚染列島に住む私たちはそう自覚して、汚染の比較的少ない西日本・四国・沖縄・北海道を日本の領土として再出発する。
もう御託を並べることはやめ、隗より始めよで
「原発基金」の最初の活用者として範を示そうではないか
それとは別に私は思う、原発はもう斜陽産業だ、と
ウランの埋蔵量がたった数十年でなくなることや、原子力産業が巨大な力で隠蔽してきた健康被害が露見しつつあり、妨害してきた海洋エネルギーによる発電方法などの実現化によって改めて人類に害をなすに過ぎないのが原発だと認識されるようになってきた
それ以上に、原発が軍需産業だという観点から捉えると
原発が成り立つ基盤は戦争である、しかし限定的な核兵器の使用が行われても全面的な核戦争が事実上封印されている限り、核兵器に代わる、そして核兵器以上に脅威を与える新兵器の開発を死の商人が目論んでいる

オバマ大統領が少し言及していたことがあったが、そのことであろう
とにかくアメリカという国が世界のお巡りさんをやめたにしろ、軍事費は断トツで、日本の1年間の税収を上回っており、世界の軍事費の総額の半分ほどにあたる、年々軍事費を増やしている2位の中国でも足元に及ばず、アメリカの2割強に過ぎない（平和な日本国は6位）
唯、軍事費を減らす方向とはいえ、まだまだ軍事大国、軍需産業が鵜の目鷹の目で探りを入れているのは当然のことで、GE社も前身は軍需産業であった
オバマ大統領が「核のない世界」を目指しているといっても、武器商人たちはそれは、「核兵器に代わる新たな兵器による世界支配」としか捉えない、そして、そこに商機がある、ボロ儲けできるとみる、2014年の1月と8月に、中国が「超音速ミサイル（HGV）」の発射実験に失敗とのニュースが流れた時には関係者は一様に驚いたという
これだ、新兵器は
HGVは世界中のあらゆる場所を1時間以内で攻撃できる（テポドンを打ち上げるには最低2時間はかかる）弾道ミサイルで、その破壊力は隕石の落下並みとかで、これならともかく（放射能とは無縁なので）（ぶつぶつと）これで殺し合ってくれ、とも暢気に言ってられないが…
アメリカが次世代のミサイルとして必死に開発に取り組んでいたが、中国が迫ってきた、HGVであれば今のミサイル防衛網は役に立たない、空母も使えなくなるなど大幅な戦略の見直しを迫られる、実戦用に配備されるにはまだまだ先のようで、その点はいいのだが、ミサイルに核弾頭を装着する懸念は残る
それでも戦力の中心は核兵器からHGVに移ったと捉えていいのか
この私の見方が正鵠を得ていると思ったなら、「原子力ムラ」のお歴々よ

今のうちに棚から牡丹餅の荒稼ぎはＨＧＶでやることにして、「フクシマ」の利権を手放した方が得策であると思うがどうかな。
原子力産業を守るために「フクシマ」を矮小化したり、原子力産業は宝の山だと幻想を振りまこうとしても、これだけ情報化の進んだ国際社会にあっては、欺瞞は即座に見破られることくらいは承知しているであろうに
残り福はない、逃げ足の速いヤツほど稼ぐ、
もう「フクシマ」で金のなる木は枯れかかっているのを当の本人が一番知っているであろうに、なにを悪足掻《わるあが》きしているのか、私はさっぱり分らない
日本社会の悪い特性、人のうわさも75日はもはや通用しない
隠蔽が功を奏するのは初めだけで、事態が長引けば長引くほど、「フクシマ」を収束させる事の難しさがはっきりしてくる
そうなればなるで、東電の泥舟から逃げ出すドブネズミも増えてくる、東電という組織自体も維持するのが困難になると思うよ、それよりも世界が相手しなくなる
震災の夜のデータをみているとすでに燃料棒の一部が露出しているのは明白で、それは本社にきちんと報告されているが、本社は世間の目をかわすことに腐心していておろおろするばかりであった
一大事には正直に情報を開示していろんな学者や専門家から意見を聞いた方がいいという現場の社員の実にまっとうな声、
それを無視し続ける東電という組織は既にその時点で空中分解している
関係のない者にとって、一つの企業が倒産しようがしよまいがどうでもいいことだ
世界の資本はそこを見ている、東電など相手にしていてもしょうがない、と

しかし、切り捨てられた東電であっても、東電に対しては、「フクシマ」に対する対策は、私たち、この国に住む者の「いのち」にかかわることなので何度でも声を大にして言わなければいけない

犠牲者が１００万人単位で出るのだ

事故当時の経営陣は謝罪の一言もなく、何ら罪にとわれることもなく大金を持って海外に逃亡した

海外のメディアは東電を犯罪企業と報じた。

先の戦争では、多くの犠牲者を出し国土は灰塵と化した、戦死者は３１０万人である

原発４基の事故に過ぎないのに、それに匹敵するとは、いかにすさまじい殺戮行為であるか、全くもって恐ろしい人殺し企業だ。

70％を超える人が原発は要らないと表明していても国政に全く反映されていない

本来ならすぐにでも倒閣運動が起きてもおかしくないのであるが、戦後70年も経った今も「12歳」のままの私たちは、「原子力ムラ」の巧妙な策の前で総崩れになっている

誰もが夢のある将来を目指すことのできる国、いかなる場合にもいかなる人の基本的人権が侵されることのない国造りを私たち自身の手で成し遂げる

それが「12歳」の少年が大人になっていく道、「フクシマ」を雨降って地固まるの契機とせねば

第12章　忍び寄るクライシス

チェルノブイリの被害はウクライナ、ベラルーシ、西ロシアは勿論の事、ポーランドでもスイスでもフランスでも起きている

日本では、米・旧ソ連・中国などの核実験の死の灰を浴びた人が多数いた

その時の低線量被曝がガンを発症するのに値する線量となり、ここ数年来の急増するガン患者の原因となっているとの見解をとる学者もいる

人はのど元過ぎれば熱さを忘れる、まして敵は姿もにおいもない、汚染下の生活でもそれとわからない、ガンが死因の1位になっても放射能にその原因がある、心筋梗塞などの突然死もそうであるといいたいが、なぜか医療の現場でも疑わしきは罰せずで、確証が得られないまま、放射能とは無関係のまま放置されている

テレビは相変わらずどうでもいいような楽屋話を流している、新聞は独自の取材などせずに記者クラブでのリークされた内容をそのまま流している

愚者の楽園といわずしてなんというのか

気が付いた時には元の原発大国

被曝症で苦しんでいる人々は孤立したまま、日に日に皮膚はただれ腐臭を放つようになっている、それでも医者は首を傾げ、こんな症状は診たことがないとつぶやくだけである

おい、おい、身体の内から腐っていく、壊死していくのだよ、お医者さん
一方では、嫌なことは忘れ都合のいいことしか見ようとしない習性を利用して、原爆病などという病気はないという偽情報を撒き散らして総仕上げを行っている
慣れとは恐ろしい、鮒ずし、くさや、ドリアンの強烈な臭いにはまいるが、慣れればこの上なく美味、生半可な知識もこわい、放射能温泉だってある、ラジウム温泉とか、ラドン温泉とかで、温泉療法ということで体内の免疫性を高め、健康増進に役立つと喧伝している
自然界から放射線を浴びている、それなのに「フクシマ」が恐いって、という人に向かって、おかしな人とのたまう
天然の放射性核種にくらべて原爆や原発で生じる人工の放射性の核種は桁違いに強い。例えば、1グラムあたり、天然のウラン238は1万2000ベクレル、それに対して、人工のセシウム137は3兆2000億ベクレル、もう比較すること自体に意味がない
人工の放射能が問題だ、私たちが生みだした鬼っ子から痛烈な反撃をくらっているのだ
数年後、十数年後に被曝症を発症したら、誰を呪う　おのれの迂闊さをか、東電をか、国をか
すべては空しく後の祭り
だが、嘆きの天使もおれば、豊穣のアルテミスもいる
敗者復活戦は有りうるのだ
戦うべき時さえ間違えなければ
だが、逸すれば待っているのは磨り減った無力感
それに囚われると、福島の人であっても
昔、ここでひでえ爆発があったべ、そりゃ大変だった、となり、

それ以上は差別を恐れ、口を閉ざしてしまう。
率直なのは子どもで
ワタシ、お嫁にいけるの、変な子が出来るってみんな言ってるけど
そうかい、言いたい者には言わしておいたらええ、気にしなけりゃやすむことだ
たまに「フクシマ」のニュースがあっても
振り込め詐欺の方がまだましだべ
口先であってもおべんちゃら言ってくれるだけでもよっぽどましだ、東電ときたら、おめえらが悪いのに木で鼻を括ったような挨拶しかしねえ、ああいうのを人でなしと言うのだべと、もごもごとつぶやいている。
東電ももごもごと２０１４年12月20日に、４号機の貯蔵プールから１５３５体の核燃料の取り出しを無事に完了したと発表
特筆に値するニュースだと思ったのに、扱いのなんと小さなこと
アベ総理がマスコミ大手の役員クラスと度々会食しているのは伊達ではなかったのだ。
公に知られている会食程度で「報道の自由」をアベ総理が手に入れるほど世の中甘くはないと思っていたのは見誤りであった
アベ総理は裏と表の使い分けの出来ない男だということを忘れていた
マスコミはアベ総理に耳打ちする
民は之に由らしむべし之を知らしむべからずと、そしてアベ総理は期待に違わず誤用する
このような状況が４年近くも続けば
政府や東電のいい加減な対策にうんざりしてくる、関心をよせなくなってくる、もうどうでもよい

たとえ身に危険が及ぼうとしていても振り回されること自体に嫌気がさし、命が奪われようとしている切羽詰まった状況でも、それとは気づかない程危機意識を喪失している
それを待っていたのか、こんな朗報も霞んでみえる
いいや、霞んで見える程度の報道の仕方に抑えたという方が正鵠を得ている
寝た子を起こしては不味いのだ
もうどうでもいいわの方向に世論の流れを作っていく
体制側は資金も人も時間もある、そのうえ法と警察とで守られている
異議を唱えるものは反社会的存在とのレッテルを貼り、不穏分子として排斥することも容易にできる、徒手空拳の私たちにとって武器となるものは、「事実」だと思われていたものが実は体制側に都合のよいように加工された「事実」であった、そのことを暴き、公の場で胸元に突きつける、それしかない、どうだろう、どれだけの人が「事実」「いつわり」を知っているのか
ヤブロコフ博士はチェルノブイリの事故で2004年までで95万5000人の死者が出たと証言
いまだに死者は4000人であると言い続けているIAEAは年間20ミリシーベルトで我慢させよと日本政府に提言した、また20ミリ未満の線量地域で今なお避難している人は帰宅させるようにとも、どれが「事実」、どれが「いつわり」か
「フクシマ」が起きる前は、福島県一帯の空間線量は毎時0・04マイクロシーベルト、年0・21ミリシーベルトであった
それをIAEAの勧告を受け、またICRPが緊急時の措置として定めている20ミリシーベルトを採用して
年に20ミリシーベルト、毎時3・8マイクロシーベルトに政府は変更した、海外から「緩慢な死刑」

を宣告したと痛烈な批判を受けてもものともせずにこのことは政府より大々的に発表されることもなく、報道機関もほとんど取り上げていないので知らない人がほとんどでないかと思われる、また気になった人がどうなっているのかと役所に聞いても何時もの様にたらい回しにされ、結局のところどうやらそうらしい位で有耶無耶これは大変重要なことなので政府見解を確認しておこう

2011年4月27日付けの、ICRPの委員をも務めた現日本アイソトープ協会常務理事佐々木庚人氏の署名のある、「首相官邸災害対策」には

「ICRPは、事故や核テロの非常時には緊急被ばく状況として、一般人の場合で年間20から100ミリシーベルトの間に目安線量を定め、…その後、回復・復旧の時期に入ると、年間1から20ミリの間に設定する」と

ICRPの考えを紹介し、「今回の福島での事故に当たり、原子力安全委員会は、このICRPの定める緊急時被ばく状況の国際的な目安の中から、最も厳しい（安全寄りの）数値、年間20ミリシーベルトを基準に選び、政府はそれに従って避難等の対策を決定した」とある

なお、吐き気、頭痛、皮膚のやけど、下痢、脱毛などの放射線被ばくによって起こる症状は1000ミリシーベルト以下の線量では起こらない

ガンのリスク：1000ミリ当たり5％（何年にもわたる被ばく）程度、ガン発生率の増加がある。100ミリ以下では、科学的には確認されていないが、これと同じ割合でがん発生率が増加（100ミリでは0・5％）するリスクがある、と想定

やれやれだ、もともとICRPが悪いのだ

「事故などで大量の放射性物質が環境に漏れるような非常事態が起こった場合には、重大な身体的障

害を防ぐことに主眼をおいて対応します。このため、年間1ミリの線量限度は適用せず、年間20から100ミリの間に目安線量を定め、それ以下に被ばくを抑えるように防護活動を実施する」とあるが、私の読解力が足りないのか、意味不明の悪文か

「重大な身体的障害を防ぐことに主眼」を置くならば可及的速やかな避難の仕方を提示するのが筋ってもんだろうと言いたい、年間1ミリ以下が線量の限度と言っておきながら、大量の放射能がばら撒かれたから、本当は100と言いたいところだがおまけして20ミリにしておくから20ミリまでは辛抱せえって、話があべこべじゃないか、危ないから一刻も早く1ミリ以下の処へ避難せよと言わなきゃ可笑しい、自分が何を言ってるのか分かっているのかい

おかしなことを言うICRPであるが、日本政府もそれに盲従しているなんてバカか、

また、吐き気や下痢、抜け毛が起きても1000ミリ以下では被曝したからではないというのには恐れ入る、こうなれば手っ取り早く「フクシマ」で防護服を着けないで1000ミリになるまで作業してみたら、と言うしかない

ここで日本政府の姿を浮き彫りにしてみると

千年に1度あるかないかと言われている津波によって引き起された「フクシマ」の事故以来、ICRPが非常事態時の中でも最も厳しく設定している、年に20ミリシーベルトの許容限度を厳守し国民の皆様の健康に留意しながら誠心誠意「フクシマ」の対策をとってまいりました

幸いなことに、ホールボディーカウンター検査を実施しましても現在では健康上問題となる方はほとんどいません

「フクシマ」を原因とする被曝であれば補償するのは国として当然のことであります

ただ法治国家である以上、恣意的な判断はできかねますのでご面倒をおかけしますが補償等の申請を

なさる場合は、然るべき医療機関の証明を添えていただくようお願いいたします、とさ
はっきりしてきた
こうすれば、15万人の避難者のうち、だれが一体診断書がとれるというのか
次に、20ミリシーベルトの基準適用地域の件だが、皆さん、分かります、分かりっこないですよね、
国は何も言ってないのだから、「フクシマ」から20キロ圏内・福島県・日本中で、と、時と場合により
使い分けする、ということらしい

2015年2月までに、東電は賠償金、4兆6940億円、払ったといってた、よく言うよ、わしら
の税金を原子力損害賠償機構経由で3兆8800億円もむしり取って、
今のとこ8140億円ほどですんでる、1兆円以内でおさめるんやろな
年1ミリシーベルトを20ミリシーベルトに政府が変更しただけで、おそらく数兆円にのぼる賠償金を
払わなくてすむことになったと思われる、随喜の涙の東電、避難者は嘆きの天使
なお、東電が4兆6940億円も賠償しているのなら十分、補償しているじゃないかと思う人もいる
ので
〈東電の賠償金のお支払い状況〉より

個人の延べ件数	賠償の金額	平均額
64万3千件	2兆817億円	324万
自主避難した延べ件数		
128万9千件	3532億円	27万

平均額が324万円や27万円というのは、東電が甚大な精神的・物質的なダメージを多くの人に与

えながら、被害者の救済・補償に関して無責任な言動を取り続けているのを象徴的に現した金額ではないか

ここには、怒りが収まり、諦めるのを待っている薄汚れた悪意もある

待てば海路の日和りありで、陽の当たるものは罰も当たらず、ほんに気楽だ

思い出していただきたい、私たちは多少の差はあるけれどみな被曝していることを、

海外に逃げる算段をしていない「原子力ムラ」の住民も年に20ミリシーベルト以内は被曝してても大丈夫だと国から言われていることを、この基準でもガンになるリスクは喫煙や飲酒や肥満や野菜不足などと同じだ、と

だが、5年もすればわかる、国が出鱈目を言っていたことが、5年で100ミリシーベルトの積算量となる

たった5年で生涯被曝量とされている100ミリに達し、白血病などの心配をしなければならなくなる、乳児は8倍の影響を受けるので800ミリ、これでは心配どころか間違いなく発症する、それでも政府は1000ミリまではなんら影響しないと言ってますが…

では、なぜ20ミリにしたのか、と追求しても緊急時の措置であると逃げる、

では、いつ1ミリに戻すのかと聞けば、福島の処理が終わったら、と

これでは半世紀経っても20ミリのまま、

政府が20ミリに拘るのは一重に責任問題と補償問題から逃げたいだけのことだ

業を煮やした人が

最後の手段として、法の裁きを求めようとして、証拠書類となる診断書に俺の白血病は被曝が原因だと医師にその旨を書いてもらおうと思っても

医師は、被曝の年間許容量は20ミリシーベルト、あなたの場合は7年の積算量として140ミリ、白血病であっても年に20ミリの7年間の積算量が140ミリで、これは許容範囲内、したがって放射能以外の要因で白血病になったということですよと。

被曝しても被曝者じゃない
放射能が増せば許容範囲も増す
ふしだらな生活をしているなあ
きみ、病いも自己責任だよ

ECRRが外部被曝に比して内部被曝は60倍もの影響があると主張しても一顧だにせず、ゴフマン博士が外部被曝の20倍だと表明すると弾圧し、原子力安全委員会はICRPの説に対して御意。
私は、内部被曝は外部被曝の比ではないと思うのでECRRの見解の方が妥当だと思うが、さすがに60倍ともなると、そうかなあとも思うものの
政府・東電にとって汚染はさほどひどくないと私たちをたぶらかし騙したいと思っている、これだけは確かだ
だが、何事も検証するのは大事
政府の妄信しているICRPは、1万人が5年間に100ミリシーベルト被曝した場合、致死性のガンになる人は50人とのことだから
1億2600万人の我が国全体では、63万人がガンで亡くなると、こう政府が言っているのですよ、具合の悪いことは私たちでも隠す、政府はお手の物、騙されてはいけませんぜ
被曝死のうち、ガンで亡くなるのはそのうちの2割でしたね、で、被曝死する人は315万となる、政府はいつの間にか315万人が「フクシマ」を原因として被曝死すると表明していたのだ

勿論、福島を中心に5年ぐらいで累積被曝量が100ミリシーベルトになる人が増え、10年ぐらい経つと、それが関東・東北一帯で多くの人にみられるという風になるということだ。全国的に多くの人が100ミリを超えるようになるかは、内部被曝いかんによる、汚染された食品がどう広まるか、それにかかっている、

それにしても、政府が315万人が被曝死する可能性があると、暗に言い出すとは。

それって人口147万人の京都が2つ以上も死の町になるってこと

古来より、賀茂川の河原は死体の捨て場、首切りの場としてあったが、今とて315万の人が途絶えることなく押し寄せては力なく已が喉を引き裂き、ほとばしる血とともに川に身を投げ出す、赤くなった賀茂川は淀川に合流し、そして、ちぬの海（大阪湾）へと流れ込む

60年代から70年代にかけての高度経済成長期には、戦争で焼け野原と化した中から、敗戦の痛手を乗り越え、奇跡の復興とまで言われ、GDPでアメリカに次ぐ世界第二の国にまでなっていた

豊かな社会の実現、貧しい私たちも馬車馬のような労働と引き換えに「中流階層」の一員になった、企業は生産に生産を重ね、コストパフォーマンスを高め、世界での価格競争に勝ち抜き、売り上げを伸ばしていった、そのためにコストを抑えるという方針を執りつづけた、犠牲にされたのが安全対策費、必要な処置もせず、ちぬの海・水俣湾に汚水を垂れ流す、そしてチッソが生み出した「水俣病」・東電が生み出した「被曝症」

高度成長期も終わり、バブルがはじけ、長い低迷期に入って20年余りが過ぎようとしていても、東電は安全対策に金を出し惜しんでいた、福島第一原発は100％安全だと言い、アベ総理も前内閣でこれ以上の安全策を講じる必要はないと言い切った。

かくして「フクシマ」も「水俣病」となる。

堺や尼崎の臨海部に立ち並んだ工場から吐き出される廃液も家庭のそれもが瀬戸内海を汚し続けた道程とも重なるわけだが、植物性プランクトンにとっては食の宝庫となった
赤い色をしたプランクトンの異常増殖で海が赤く見えたほどであったので赤潮と呼んだりしたが、大量に酸素を吸入するので海水中の酸素不足のために魚の大量死を招いた
一時は、死の海とも言われた瀬戸内海もその後は排水の管理を厳格にしたり、下水道の普及でかなり元の海に戻っている、やれば出来るのだ
当初、政府が「ただちに健康に影響はない」とうるさいほど言っていたのは「正しかった」が、そろそろ積算量が100ミリになる人も出てくる頃になったと思われる今、新たな声明を出してもらわなくては私たちは途方に暮れる
国立がん研究センターも相変わらず1000ミリの被曝よりも喫煙や肥満や運動不足によってガンになるリスクの方が高いと言っているようでは困る、これでは被曝しようがしよまいが何ら関係がない、基準値を20ミリシーベルトに変更し、福島に人を縛り付けておくのは
ここ10年ほどの間に、福島を中心にして、東北・関東あたりを「赤い瀬戸内海」にすることだと重ねて言おう
こんな凄惨な近未来が予測通りにならなければいいとは思うが、チェルノブイリの事故が悲惨な現実を示している
それなのに厄介なことに
箱崎幸也氏の言う「被曝量が高いと数年から数十年後にがんの危険性が高まると考えられ、その程度はたとえば100ミリシーベルトで0・5％の増加です。喫煙や肥満によるがんの危険性の数十から数百分の1です」という言説、もうお分かりかと思うが、これもICRPに依拠しているが、言っ

ていることが支離滅裂
あほか、と言っても、プロパガンダってのはやはりすごい影響力を発揮する
放射能も怖いけど、たばこの方がもっと怖いと、こう流布しているのだ
でも裏返して言えば面白いことになる
箱埼氏は承知のうえでデタラメを言っていると思うが、100ミリの被曝量はタバコの(数百分の1を今、百分の1として)百分の1ということだから、喫煙の危険性は1万ミリシーベルト、これは10シーベルト、7シーベルトの放射線を浴びると死んじゃうのだから、これではタバコを吸っているうちに極楽に旅立っていることになる
また、心労と経済的負担と仕事や家族との板挟みのなかで、なかなか行けなかった病院にようやく行った、やはりガンだった、愕然としながらも放射能でやられたのかと聞くと、それはない、あなた、太ったせいですよと、
わしは医者と漫才やりにきたとちゃんや、惚けた医者や、サイナラ、と言っているうちに事切れた、
核の問題は曖昧にされ、ブラックボックスだと言っておけばすむ
そして、耐えがたきを耐え、忍びがたきを忍び、原子力産業に私どもの未来を託そうではありませんか、と声高に
ＩＣＲＰやＩＡＥＡに言われるままに「御意」と、日本政府
それはそれで勝手だが、せめて矛盾のないように願いたい、なんで、ウソでかためるのや
ウソ…を、ですか
そうですよ、官邸のホームページですよ
ホームページ…

そう、そこに、チェルノブイリと福島とを比較して
●チェルノブイリでは、134名の急性放射性障害が確認され、3週間以内に28名が亡くなっている。福島では、原発作業者に急性放射性障害はゼロ。
●チェルノブイリでは、24万人の人の被ばく線量は平均100ミリシーベルトで、健康に影響はなかった。
●福島の周辺住民の現在の被ばく線量は、20ミリシーベルト以下になっているので、放射線の影響は起こらない。と、記載されている
ああ、そう、そうでした、確かに、おっしゃるとおりで、ホームページですよね、訂正させます。

ついでだから言っておくが、喫煙や飲酒がガン死にどう影響するかについては、膨大な疫学研究が行われており、2010年3月にも、文科省の、文科省ですよ、委託を受けた放射線影響協会が203904人の原発労働者の放射線被曝による健康調査について発表しているそうだね。

はあ、はあ、そうでした、そうです。

平均累積被曝線量が13・3ミリシーベルトでガン死亡率が4％増えるとか。

そう、そうです。

国立がん研究センターに言っておいてよ、このガン死亡4％増の要因だけど、喫煙歴0・5％、13・3ミリの放射線3・5％で、ガンで亡くなった要因の88％は放射線によると疫学的に証明されているんだと、飲酒はゼロ、飲酒量の多寡は当然関係しないが、喫煙量の違いもガン死亡率にほとんど影響しないとの調査結果だってさ。

第13章　そこのけそこのけ諭吉が通る

手に余ることに協力を求めないのか、万が一の失敗も許されない工程の連続だ
隠蔽し続ける東電だからいろいろと疑念が浮かんでくる
杜撰な管理体制、不正行為などが明るみになるのを恐れて部外者の立ち入りを拒んでいるのか
例えば、手抜き工事が放射性物質の大量放出につながったとか、安全対策をとらなかったのが被害の拡大をまねいたとか、責任問題になるような事が露見するとか、賠償額が少なくなるように工作しているのが明るみになるとか、放漫経営の実態がさらけ出されるとか、
「原子力ムラ」の利権を温存するためには部外者が入って詳細に調査されると具合が悪いのだ
しかし、そうであっても、これだけの事故を東電ひとりで収束することなど到底できないことは当の東電自身が一番知っていよう、それをまだ利害得失を優先して事に当たろうとするので嘘をつかざるを得なくなる、すると、またその嘘を糊塗するために嘘をつく、どこまでも続く嘘の重ね塗り
そして、出来上がった厚化粧が他ならぬ「安全神話」
安全神話を演じる役者の出番が「フクシマ」騒動でめっきり多くなった
酷い例だと
佐高信氏編集の「週刊金曜日」に「アントニオ猪木の青森県知事選挙応援事件」なるものが掲載されているよし

それは、知事選挙にあたって、猪木氏が原発一時凍結派の候補者から150万円の謝礼で選挙応援にいくことになっていたところ、それを知った電気事業連合会の推薦する推進派の候補者が1億円の謝礼を提示したところ、猪木氏が乗り換えたという、なんともおぞましい出来事である
知事選の選挙応援演説で1億円の謝礼、それをポンと出す電事連
それとて私たちの電気料金に上乗せされたなかから支払われているとなると、金次第でうごめく「原子力ムラ」の黒い曼荼羅模様、どこでどう繋がって絡まっているのか
成る程なあ、そんなに旨味があるのなら、私も寄せてと言い掛けた
しかし、しかしだ、人間として最後の一線を越えるには躊躇《ためら》いがある、他の場合ならいざ知らず、「フクシマ」では私たちの「いのち」がかかっている、ひととしての尊厳がかかっている
ひとは「立ち場」を捨てる時もある
敵に塩を送ることだってある、「いのち」に関わることに遭遇した時にはだ

被曝で厄介なのは、すぐには死なないが、何年か経って積算量が一定の限度を超えると、晩発性の被曝症を発症し、やがて苦しみの中で死んでいくことにある
原発の事故では急性の被曝死よりも晩発性被曝症で亡くなる人の方が圧倒的に多い
これという治療法もない
また、放射能との因果関係を立証するのも非常に困難で、それをいいことに東電は高を括っている
一たび被曝すれば苦難の道は死ぬまで続く。
近代化の課程で、「立ち場」を廃絶できなかったのは大きな誤りであった。
文明と文化は余りにも早くから袂を分かってしまった

今更、文化の力で、文明の世に固定した地位に安住している医者に
被曝との因果関係は不明と言うな、と言わせるのはどだい無理だ
だから「被曝者手帳」を国に発行させる以外に手はない
現時点で、被曝者手帳制度などを含めて、原発被災者の救済・補償制度を制定するように国に求めなければ、被曝の症状がでてからでは後の祭りで、泣きっ面に蜂の憂き目を見ることになるのは火を見るよりも明らかである。
大袈裟なことを言って不安を煽り面白がっているのではない
ちょっと歴史を紐といてみれば、随所にそのような事がみられる
敵の手に乗りそうになった時とかに思い浮かべたら、
ここが最後の踏ん張りどころだとの思いがふつふつと沸いてくる
人としての誇りは往々にして胸突き八丁にさしかかった時に現われてくる
もう4号機の貯蔵プールにある燃料棒が核爆発するという恐れはなくなったが、「フクシマ」は危機的状況に常に置かれているのだ
例えば、「フクシマ」の時は震度6強であったが、余震でこのクラスが起き、5号機なり、共用プールなりが破壊されれば4号機のプールで核の暴走が起きると同じ状況になる
貯蔵プールについては、東電でも核の暴走が起きればチェルノブイリの10倍の放射性セシウムなどが大気中に放出されると言っていた。
共用プールには使用済み核燃料が6400本、5、6号機には合わせて1934本の核燃料、
これらが次々と核爆発
もう想像するだけでも嫌やとなる

こうなればと、いや必ずこうなるが、これではチェルノブイリの10倍どころか86倍にもなるとか
リトルボーイの400発分の86倍で3万4400発に相当
死者100万人を出したチェルノブイリに当てはめると、死者100万人の86倍で8600万人となる、生き残った4000万人ほどの人々も被曝しているうえ、食料や医療面でも困窮する、
海外からの救援活動も、通常の災害と違い、放射能まみれの国になった日本では、2次被曝の懸念から二の足を踏むことになる
当時、菅総理は近藤駿介原子力委員長に最悪の事態になった場合を想定し、避難案を提出するように指示していた
近藤氏は「福島第一原子力発電所の不測事態シナリオの素描」を3月25日付けで提出している
それによると、想定する新たな事象として、1号機・2号機・3号機・5号機・6号機で水蒸気爆発が発生し放射性物質を放出、1号機から6号機の使用済み燃料プールの冷却不足に伴うギャック放射能放出で、170km以遠にも強制移転をもとめるべき地域や250km以遠にも移転を希望する場合を認める地域が発生する可能性がある、となっている、
なぜ、こんな「素描」になるのか、やはり近藤氏が「原子力ムラ」の主要な住人であるからか、被害をこんなに少なく見せたいのであろう
事故が起きた当初、清水社長が全員の撤退を申し出て、菅総理に怒鳴られた事を思い出す、何ともはや無責任な男だと思ったが、「フクシマ」がもはや制御できないモンスターだと度肝を抜かれて周章狼狽したからともとれる。
また、「素描」は3500万人の避難が生じると述べている、3500万人の大移動、これは、例えばカナダの人口を上回る人々がカナダの国土の2%にも満たない西日本に押し寄せるこ

とになると、とらえてみると、いかに壊滅的な状況であるかが手に取るように分かる
これだけの人の受け入れ先も水も生活用品も食料もトイレもない、悪臭の漂う中での蟻の熊野詣で、
無事に辿りつくまでにあちこちで騒乱が起きたり、足止めをくったり、踏み潰されたり、体調を崩し
たりする人も多く出るだろう、弱者はそれだけ多く被曝する事にもなる。
一極集中型の歪《いびつ》な国つくりの弊害がもろに現われ、政界・官界・財界はズタズタ、しばらくの間は無
法状態になる
それでも悪いことばかりではない、人が創った世、甘いも酸っぱいもある
これで従来の支配層は総崩れになり、雨降って地固まるで、国としていい方向に向かうと夢をみるこ
とが出来る
積年の膿みはこのような形でなければ、なかなか出し切れるものではない、否応なく「フクシマ」を
機に大鉈が振るわれる事になる
天の配剤といっていい
利害得失の優先する社会はこりごりだ、
西日本と北海道と沖縄で、これからは生き残った人が手に手を取り合って暮らしていくことになる、
初めて国民の総意に基づいた国造りを一人一人が手に確かな感触を覚えながら行っていく
今は、永遠に放射線を噴き出す「不治の山」となった「フクシマ」を遠望しながら

第14章　最初にして最後の夜明けへと

この国に生まれたことを呪いながら、最後の業火を潜り抜け、無事に逃げおおせたら
私たちの手で私たちの国造りをしよう
おい、おまえ、俺たちの国を俺たちの手で新たに創るのはけっこう毛だらけ猫灰だらけで、ええ提案
だが、その前に俺たちは全滅するんだろ
それはそうかもしれない、でも、早く手を打てば、それだけ犠牲者が少なくてすむ、希望はある、低
線量の地域で生き延びたらええではないか
そりゃそうだが
私はもう思い切って、「フクシマ」を捨てたらいいと思っている、4号機のプールから燃料棒を無事に取り出すことはできたが、1号機・2号機・3号機の核燃料は完全にアウトだ、東電の発表でも、炉内にあった全ての核燃料は溶融し、格納容器の底部に床張りされたコンクリートに滴り落ちている、と
一番深い中心の厚さは260センチあるが、深さ70センチ位まで高熱（2500℃）の燃料デブリ（核燃料が溶融し構造材や制御棒やコンクリートや鉄などと一緒になった塊）がコンクリートを突き破っている可能性があるとも、1000トンほどもあるデブリだが、当時、小出京大助教は、「デブリの一部は団子状態になっているかもしれない」が、「かなりの部分が水の中に分散して、泥水のような状態であちこ

ちに流れた」と思うとのこと、これでは地下水と混ざって関東・東北一帯の水脈を汚染する、もうなるようになるしかない
今、出来ることはチェルノブイリでやったように1号機から4号機を鉛でもって石棺化する、すべての核燃料棒はドライキャスクで保管する、地下水の流れは発電所内を通らないようにする、こうしておいて、日本にある原発からすべての核燃料を取り出し、福島第一原発の敷地内で保管し、東日本は立ち入り禁止にする。
私たちは比較的線量が低い北海道・西日本・沖縄に移住する、どうですか
おいおい、俺に振るのかい、ううん、そりゃ、そうだなあ、じっと死神を待つなんてあほなこっちゃ、確かにこれだと犬死にしなくってもいいことになる、うん、そうだ、一理ある
ちょっと待ってください、死者は出ます、病人もでますよ
そりゃないだろ、みんな無事じゃないのか。
いいえ、すでに3・11の時点で、相当量被曝した人たちには近い将来、不幸が待ち受けている
それって
もう少し聞いてください、このままだとウクライナ以上の惨状の途をたどると言っているのです、犠牲者はでます、ただ、できるだけ少なくしたい、ウクライナの人口動態や84倍とかの放出量を考えてみると、今後24年間で結論からいうと
死者～　254万人
病人～　190万人
このまま政府・東電が誤魔化し続け、有耶無耶のうちにほったらかされると、24年後までには間違いなくこういった惨状を目の当たりにし、愕然とすることになる

これだけの犠牲者を出せばもう国として立ち行かなくなる

そりゃないだろう、と言われると思って、ウクライナの人口統計を用意しました

	人口	出生数	死亡数	
86年	５１００万人	79万	56万	（この年、チェルノブイリの事故）
91年	５２００万人	60万	67万	（ソ連解体によりウクライナとなる、事故後５年）
93年	５２１７万人	55万	74万	
96年	５１００万人	47万	78万	（事故後10年）
01年	４８６６万人	38万	75万	（事故後15年）
06年	４６７９万人	46万	76万	（事故後20年）
10年	４５８７万人	50万	50万	（事故後24年）
11年	４５８７万人	（統計未確認）		

見れば一目瞭然

事故後５年後頃から生れる子どもが激減し、一方、亡くなる人が激増している

24年後で５１３万人減・率にして10％減

被曝者は２０１１年時点で３５０万人、そのうち子どもは１５０万人

- 年間１ミリシーベルトから５ミリシーベルト以下の低線量地帯で住み続けた人を襲った晩発性の被曝障害だと思われる
- 出生数のなかには、多くの死産が含まれている、また奇形児も含まれている
- 死亡者のなかには若者を多く含むが、やはり高齢者の死亡率が高い
- ２０１１年の人口が前年を維持できたのは、汚染された土壌で栽培した野菜や森に自生するキノコ

やブルーベリなどを食することに対して規制を強化したことと、食品の検査体制の強化による

●Lugyny地区の平均寿命は75歳であったが、事故後は65歳にまで減少した

要約すると、1986年の事故前3年間の平均の出生数78万人、死亡数60万人を基準として

●事故後5年　生まれる子が18万人減　死んだ人が7万人増加

●事故後10年　生まれる子が31万人減　死んだ人が18万人増加

●事故後15年　生まれる子が40万人減　死んだ人が15万人増加

＊日本の見解　首相官邸HP（2011年4月15日の日本政府の見解）

●チェルノブイリ原発内の被ばくでの死亡者は28名

●清掃作業に従事した方（リクビダートル）は死亡者ゼロ

●周辺住民の被ばくによる健康被害はゼロ、高線量汚染地の27万人は50ミリシーベルト、低線量被曝地の500万人は健康には影響は認められない、例外は小児の甲状腺ガンで、6000人が手術を受け、現在までに15名が亡くなっている

こうしてみてみると

政府の公式見解は矛盾だらけで対外的に恥さらしもいいところである

その上、ウクライナのチェルノブイリ省の発表した論文だって承知していなければ職務怠慢で税金ドロボーになる

それともエリートだと自負しているお役人が目を通していないなんてことは有り得ないから、知ったうえでウソの記述をしているということで詐欺の確信犯か

さて、ウクライナ政府の発表した論文を少し紹介すると

1987年から1992年の5年間での各種疾患の状況について（事故後5年間の病気の増加について）

内分泌系の疾患は25倍、神経系は6倍、循環器系は44倍、消化器系は60倍、皮膚および皮下系は50倍、筋骨格系および精神系変調は53倍であった
健康な子どもの比率は81％だったのが1996年には30％に低下した
タイプ1糖尿病が子どもと青年層に急激に増えた
特に悲惨なのは子どもたちである、死産が多いが、本来ならば、この子たちも生まれてくる子である、また生まれてきた子どもも幼くして死んだり、奇形児として、また異常な遺伝子を持った子として過酷な生活を強いられている。
これがウクライナの被曝者の実態である
放射性物質はひとを選ばない
ウクライナ政府は放射能被害者と向きあっている
日本政府は福島の事故は取るに足らぬ事故で、被曝者などおらぬといわんばかりだ
確か、「フクシマ」はチェルノブイリの2割程度の放射性物質が大気中に放出されたとか、寝ぼけたことを言っていたなあ
その後、チェルノブイリを遥かに上回る10倍もの放射性物質が放出されたことが判明したが、政府として、そのことを発表したか。
いいか、そんな風に誤魔化し曖昧にしておいても、24年後までに、10％の人口、1億2600万人の10％で1260万人、プルームの8割がたが海に流れて行ってくれたとしてもだなあ、1260万の2割でも252万人、252万人の人が死んじゃうんだぞ、前の戦争で亡くなった人と同じくらいの人が「フクシマ」で殺される、死ななくていいのに、お前らが言う、安全な、ただ電気を起こすだけの原発で252万人の犬死にだ

それだけじゃない、犬死にの予備軍として、ウクライナでの350万人の被曝症患者といえば人口の7・6%だ、日本では957万人、その2割としても190万人ほどの人が被曝症に苦しみながら生活していくことになる、各種疾患がどれだけ増えているか、よく見ろ

それにだ、私たちには隠しているが、承知していたじゃないか、お前らの信奉しているICRPが、1万人が5年間に100ミリシーベルト被曝した場合、50人がガンで死ぬっていっていることからはじいて315万人が被曝死するやろと、

東電よ、私たちの政府よ

死者の数をゼロとし、「原子力ムラ」を温存し、被害者を見殺しにし、補償などもしたくないと思っている下心が見え透いている政府見解なるものを今一度、おのれで読み返しても平気の平左か

せめて、次のことを国民に周知徹底させることは、政府の最低限の責務だ

- 放射能はあらゆる病気を引き起こす
- 福島原発より30キロ圏内は今後とも立ち入り禁止とす、当該関係者とは十二分な補償条件を提示し、納得のうえ転居していただく
- 内部被曝の計測は放射性物質のガンマ線しかできない、実際の積算被曝量は計測された数値をかなり上回っている
- 積算線量が100ミリシーベルトを超えると白血病などになる可能性が大

政府の見解がほとんど示されていないうえ、曖昧な表現であるので、こういった4項目を承知している人は少ない

今なら、まだ間に合う

政府も官僚もなんとか体面を保つことができ、なにより252万人と推測される犠牲者を「避難させ

る対策」を早急に打ち出し実施することで大幅に犠牲者を減らせる、190万人の発症もかなり抑えられる

政府・東電のとってきた施策は、すべてこれ、原子力産業を守るには「フクシマ」をなかったことにするためだったのだろう

国民の前で深く陳謝しろ、ひとは出直すことができる。

そう、そうするしかないか、なんといっても金より命の方が大事、命が大事です。

私たちはこころを改めた者に追い討ちをかけたりはしない。

そう、そうでした、だから、わしらにはお人好しなあなた方が何と言っても都合がよかった、で、はい、騙しやすかったもので、で、み、み、皆さん、どうか、聞いてくだされ、これから申し上げることは天地神明に誓って嘘偽りのない、わしらが初めて本当の心の内を明かすことになる、「原子力ムラ」はまさにわしらにとっては、金のなる木、打ち出の小槌じゃった、無論、その小槌から出てくる金は皆様からの税金です、が、わしらにとって税金というものは香典みたいなもので、香典返しは昔から3分の1ときまっとる、国民の皆様には福祉とかの名目でお返ししておいて、あとの7割がたは頂いたお金として懐に入れる、税ってものはわしらにはそういうものだった、そもそも「原子力ムラ」というもんも会員制クラブみたいなもんで、わしらは無料の優待会員で、皆様は強制加入の有料会員ということになっとります、

違いといえばほんの些細なことでして、わしらには義務がなく権利がある、皆様は権利がなく義務がある、ははあ、それだけの違いです、本当に皆様はよくやってくれました、文句の一つも言わず、わしらの言うがまま黙々と働き、税金もこれまた律儀に納めて頂きました、「原子力ムラ」に金はたまり、お蔭様でわしらは好き放題させてもろうた、じゃが、そこに、

「フクシマ」
放射能を甘くみておった、これがつまずきのもとじゃった
「フクシマ」がアメリカの東京大空襲のように、また広島・長崎の原爆のように無差別殺戮であるのがよおくわかりもうした、味噌も糞も何もかもひっ捕まえて殺す殺人マシン、敵も味方も関係なく殺されては堪ったもんではない、わしらとて殺される、欲に目がくらむとこんなことも分からんようになるもんですなあ、命あっての物種、大金を手にしても、宝の持ち腐れ、今度ばかりは往生した、どこまでも「フクシマ」が殺しにやってくる、棺桶に金貨を詰め込んだとてしゃあない、はい、そういうことで、まことに勝手だということは重々分かっておりますので、どうか皆様のお仲間に加えていただきたいと思っておりますので、この通りです、
今までの罪滅ぼしといえば何だかお恥ずかしい次第ですが、被曝された方々が安心して今後の生活をお送りできるよう、国の威信をかけて取り計らいたいと思います。
ほら、これだけ御託を並べても、国の威信なんて言葉がでてくる、天地神明に誓ってだ、と。
ああ、これはこれは、申し訳ありません。
好きなようにすれば、ただ、忘れては困るよ、1000兆円の国の借金とか言って脅しているつもりかもしれんが、私たちはそんな借金なんかしてない、あんたらがちょろまかした金だ、びた一文、誤魔化すことなく国庫に返済しろよ、新生日本の、これからの国造りの資金だ、
さあそろそろ、あんたたちが戦後半世紀にわたって行ってきた悪事の数々の溝掃除を始めるとするか。
ショックで一時はパニック状態に陥っても、現実から目をそむけていては徒《いたずら》に犠牲者を増やすだけだ、新たな一歩を踏み出すためには、現状を正確に分析し、被害を最小限に食い止めながら、残された力で再建の道を進めていく

それぞれの斯道《その》の権威が声を挙げれば、私たちも火事場の馬鹿力を出すことができるのだ
今からでも遅くはない
デフレ脱却とか、尖閣列島の領有問題とか、金融緩和とか、非正規労働者が3分の1を占めたとか、いろいろ難問題が山積しているが、何もかも一度にできない場合には優先順位をつけて、高い順からやらざるを得ない
だとすると、日本の命運がかかっている「フクシマ」に、いの一番に全力を傾けて取り組むことになるのは当然のことだ
しかし、マスコミが自主規制しているのか、ある種の力が働いているのか、後日、菅元総理が洩らしていたように、津々浦々に網の目のように張り巡らしてある「原子力ムラ」に、風穴一つ開けることが出来なくて、現実は、「フクシマ」をなかったことにしようとの方にベクトルが働いているが、何ら焦ることはない
私たちの方でも、一寸の虫にも五分の魂があることを示すのだ
ウクライナやベラルーシの負の遺産を継がぬようにしていけば道は開く
ベラルーシとてウクライナと同じように苦難の道を歩んできた
1020万人ほどの人口が、2010年には948万人に減少している
24年間で72万人の減少・率にして7％減、
被曝者は220万人で、そのうち子どもは50万人
ウクライナとベラルーシとの人口増減の推移をグラフにしてみると、縦軸の人口が違うだけで、横軸の折れ線はほぼ同じ曲線になっている
こんな偶然ってあるのか

こういったことからも、「原子力ムラ」やIAEAやWHOやICRPなどはあきらかに原子力産業を擁護するために、「原発」は「安全であ」り、事故で放射性物質が大気中に放出されても大したことはないとウソを言っている
放射能の影響だとしか思えないのに政治的な意図から事実を歪曲する
大きな声で、今一度、原子力産業にかかわっている者たちに言おう
ものの四半世紀も経たない間に、原発ごときに252万人が殺されるのだ
それがそんなにおもしろいか

チェルノブイリにおいても、当初はやはり旧ソ連政府は事故を隠蔽しようとしていたが、世界の世論に負け、重い腰をあげて救援に取り組み始めた
それからというものは1党独裁体制の良い面が発揮されたのか、次々と施策が打ち出されてくる
しかし、事故後5年、チェルノブイリの負担に耐えかねたことも要因となってソ連は崩壊した
ソ連邦の解体によりウクライナやベラルーシは独立した
ウクライナはお土産にチェルノブイリ原子力発電所をもらった
旧ソ連が行ってきた救済策は「チェルノブイリ法」としてまとめられ、制定された
これでもって医療費・住まい・仕事・年金などが保障されることとなった
近年、財政破綻の危機からこれらの社会保障制度が縮小されているとかである
それにしても原発がひとたび事故を起こせば、国家を傾かせるほどの膨大な財政負担を負うことになり、「いのち・やまい・7代に祟るDNA」など、どうにもならないほどの深刻な被害をもたらすのには唖然とするほかない

主にウクライナを取り上げてきたが、チェルノブイリの事故による被害は実はヨーロッパ全域にまで及んでいる
被曝者は2億人にのぼり、その人たちは晩発性の被曝症を発症するのではないか、また生まれてくる子が奇形児でないかと脅えながら暮らしている
そんな生き死にが7代まで続く
最近、ロシア政府は勇気ある発表を行った、国内の汚染地帯に住んでいる人の7割が病人である、と
事故当時のゴルバチョフ第一書記の意思を受け継いだ新たな救済策が打ち出されると期待していいのであろうか
これだけ乱暴狼藉の限りを尽くしても少しも衰えをみせない放射能
10万年ほど経ったら崩壊して無毒な核種になっているのか、そんな確証もない
大江健三郎氏は言う、「人間がやってはいけないこと」に手を染めた、と
鎌田慧氏は言う、「電力会社がうそと金とおどし」で原発を推し進めてきた、と
もう、ええ加減にしてくれという声が虚空にこだまする
東電だけに「フクシマ」の怒りの鉄槌が下るのなら
私たちはにこにこしながら高みの見物をしておればいいのであるが
私たちも一蓮托生
悪事を見て見ぬふりをして黙って見過ごすのも立派な犯罪
時代の風を同じように受けるのを拒みもせずにいたのは共謀罪として断罪される
「原子の火」をもてあそんだ咎から逃れることはできない、よって未必の故意による殺人罪に処す。
えええ、そんな、悪いのは東電、その大元の「原子力ムラ」や

私たちは満州で731部隊が捕虜になった人を「まるた」と称して細菌兵器の開発のために人体実験を行ってしまった
しかし、ソ連軍が侵攻してきた時、撤退するにあたって証拠隠滅を図った
一方では、「ヒロシマ・ナガサキ」の受難の歴史を体験した
こちらは、被爆者のカルテ等は全部アメリカ軍が持ち帰った、
治療の研究を目的にしたのではなく、原爆の人体に及ぼす影響を知るためである
アメリカは、内部被曝は一切ないこととし、放射性物質の人体に与える影響は外部被曝だけによるとし、それを日本政府にも強要した
占領下の時代であったとはいえ、あきらかに不法行為である
しかし、経緯はどうであれ、これを受け入れたために、戦後69年の歪められた被曝の歴史が始まった、
それは今もＩＡＥＡに引き継がれ、被曝といえば、外部被曝のことになる
ＷＨＯもＩＡＥＡに従属している
放射能汚染による人体への健康被害についてウソと隠蔽ばかり繰り返している
それは、ウランについてみてもわかる。
ウランは原子爆弾から原子力発電所の燃料へとシフトした
両者の違いはウランの濃縮度の違いだけで、原爆の場合は90数%、原発は3%位に濃縮するだけの違いである
この双子の兄弟が公の場に登場したのは、万雷の拍手を受けて、アイゼンハワー米大統領が原子力の平和利用に関する宣言を国連総会でおこなった1953年の12月の事だった、
ところが、なんのことはない、わずか3ヶ月後の1954年の3月に太平洋のマーシャル諸島のビキ

ニ環礁で、原爆の1000倍もの威力をもつ水爆の実験を平然と行っている
この時の放射性物質の降下物を「死の灰」と呼ぶようになったが、この死の灰をもろに浴びたのが「第五福竜丸」の23人の漁民たちであった
アメリカは事前に警戒範囲を通知してあったので落ち度はないと主張した、第五福竜丸はその警戒範囲の外側で操業していた、他の船もそうであった
ところが、威力が余りにも大きすぎて第五福竜丸に死の灰が降り注ぐことになった
近辺で操業していた856隻の漁民2万人にも降りかかった
亡くなった、第五福竜丸の久保山さんが時の人となった、久保山さんらは雪のような白い粉が降ってきたと証言している
しかし、アメリカは被曝死とは認めず、サンゴの塵の化学的影響によってだと言い、謝罪しなかった、日本の医師団は「放射能症」によると診断したが、アメリカはあくまでも「急性肝機能障害」が死因であるとした
最終的には、日米関係が悪化するのを恐れた政府との間で200万ドルを「見舞金」として支払うという政治的判断で結論を出し、この問題は封印された
多くの漁民を待っていたのは長い「放射能症」との戦いである
アメリカにとっては第五福竜丸を含めた856隻の2万人の漁民などは、「ヒロシマ・ナガサキ」の犠牲者がイエローモンキーで、今度は太平洋にただよう藻屑であるに過ぎなかったのであろう
被曝した者が後々、晩発性障害に苦しむことを知りながら、原爆も水爆も投下した時点で殺戮とともに残留放射性物質も無かったことにした
対イラク戦で劣化ウラン弾を使用し、イラクの人々は勿論であるが、自国のアメリカ兵も放射性物質

を吸い込み、帰国後、原爆症を発症したり、奇形児が生まれたりしているのをブッシュ大統領はどんな思いでみていたのであろうか

依然として今日にも繋がる問題であるので第五福竜丸事件の後日談も紹介しておくと、水揚げされたマグロは「原爆マグロ」として話題になった

当然、誰も買わない、仕方なく築地市場の地下に457トンのマグロを埋め、そこに「原爆マグロの塚」の碑を建てた

その場所に長時間いる人は余りいないので被曝してもたいしたことはないといえばそれまでのことであるが、そこを通るたびに被曝しているのである

それと面白いことに、詮索好きはどこにもいるもので、マグロ船の数から考えると埋めたマグロは少な過ぎる、マグロは消えた、どこにと、考える人がいるもので私たちはそういう人によって隠された事実を知ることができる

案の定、水産会社がただ同然でこれらのマグロを引き取り、当時盛んに食されていた魚肉ソーセージに混入していたのである

購入した家庭は内部被曝に、築地市場で働いているひとは外部被曝にさらされていたということ、こういうことで日本中に、反核・核アレルギーが渦巻いたのも当然すぎるほど当然であったといえる。それに比して、今度の「フクシマ」は第五福竜丸事件とは比べようがないほど放射能で汚染されることになったが、人々の怒りがなぜか爆発しない

目に見える「原爆マグロ」がないからか

私たちは少しも歴史に学んでいない

先人たちが、といってもほんの60年前の人たちであるが、本当にすばらしい戦いをしたと誇りに思う、

では、どのような行動にでたか、振り返ってみよう
「原爆マグロとか魚肉ソーセージ」に怒りを覚え、立ち上がったのは東京の杉並区の読書サークル「杉の木会」に集っていた主婦たち24名
国は国民を守ろうとしない、子どもを守れるのは母親である私たちであるとの思いから反核の署名活動に見よう見まねで乗り出した
1954年の4月の1カ月で26万人の署名を集め、年末には3600万人に達した。
その署名簿をもって吉田内閣にアメリカに抗議せよと迫った
アメリカに従属している政府は3600万人の署名とアメリカとの板挟みになって、どうにもできず、吉田茂総理は内閣総辞職の道を選んだ
それでも収まるどころか、「原水爆実験の禁止を求める決議」を国会で採択させると、世界に向けてさらに署名を呼びかけた
寄せられたのは実に6億7000万人の署名、その高まりで、55年の夏に原水爆禁止世界大会を広島で開催するまでに至った
24人による署名活動というささやかな行動が内閣を総辞職させ、国会で決議を採択させ、世界中から6億7000万人の署名を集め、広島で原水爆禁止世界大会の開催へ、と実を結んだのである、たった1年半足らずの間にこれらのことを成し遂げたのだ。
このように、「核アレルギー」「反核」は日本人の生理にまで届き、私たちの身体に染み込んだものとなった、と思ったのは甘かった
事実は違った、常時監視しておかなければ国家権力というものはちょっとした間隙を縫ってでも反撃の牙を向けてくる

当時、資本主義国家としての欧米と社会主義国家としてのソ連・中国との対立には越え難いものがあり、「冷たい戦争」と呼ばれ、互いに睨み合っていた

冷戦の一番主要な武器である核兵器の開発は留まるところを知らない有様であった

ただ、双方に核兵器が十分に準備されると、原発に軸足を変えていった

最初に商業用原発に成功したソ連に遅れをとったアメリカは焦った

日本を「赤のソ連」に対する防波堤として位置づけていたものの、日本国民の核アレルギーと反米感情とに危惧の念を抱いていた、基地に核兵器を配備するよりも、核兵器に転用できる原発の導入をはかることによって、核アレルギーも取り除き、原子力の平和利用を示すこともできる、そう結論を出すと動きは早かった

ワトソンだ、彼に先鞭をつけさせよう

意を汲んだワトソン君の動きも早かった

程なくして銀座の寿司屋で柴田秀利とひそひそ話を重ねているワトソンの姿があった。

白羽の矢が立った正力松太郎が登場するのにもさほどの時間は要しなかった

正力はまさに打って付けの人物であった

敗戦後、内務省の警察官僚だった正力はA級戦犯として収監されていたが、釈放とCIAのエージェントになるとの取引をCIA（米中央情報局）との間でしたとも考えられる

公開されたCIAの機密文書から、2005年に有馬哲夫教授は「ポダムとは当時、読売新聞社社主で日本テレビ社長だった正力松太郎氏の暗号名。原子力委員会の初代委員長を務め、のちに『日本の原子力の父』呼ばれる人物だ」「CIAは正力氏と協力して日本で原子力の平和利用キャンペーンを進めて」「唯一の被爆国でもある日本が原子力を受け入れることの戦略的意味は、米国にとって大きか

った。一方、正力氏にとっては首相の座を狙うための政治キャンペーン」だったと述べている
アメリカ側も手段を選ばずでおどろおどろしいが、国益には沿っている
日本側はどうか、国家としての戦略の意味合いなど何もない、ごりごりの反共主義者の正力が私利私欲と権力を目指して精力的に動き廻っているだけだ
その後の彼の行動たるや
1954年、正力の意向を受け、中曽根康弘大勲位らの提案による「ウラン235にちなんだ」「原子炉築造のための2億3500万円の原子力関係予算」が成立(3月3日のことで、第五福竜丸が焼津港に帰港したのは3月14日、微妙なタイミング)
正力の方は1955年2月、衆議院選に立候補して初当選、政界へと
同じ年の5月、「ホプキンス原子力使節団」を招き「平和利用」の講演、並びにテレビ中継などを行う、読売新聞での報道は勿論大々的なものであったが、次世代のメディアとしてのテレビが果たす宣伝力には思考停止にさせる魔力があった、1957年2月に、大宅壮一は、テレビによって一億白痴化運動が展開されていると語っている
11月には、「原子力平和利用博覧会」を開催、36万人を超える入場者で成功裏に終える
12月、原子力基本法の成立
1956年1月、原子力委員会初代委員長に、
5月、科学技術庁の設置に動き、初代長官となる。将来に禍根を残すことになる「国と電力会社との国策民営の方式」をとる原発の導入に向けて中曽根氏らとともに邁進
6月には、東海村に特殊法人「日本原子力研究所」発足
1957年11月、ついに東海村に「日本原子力発電株式会社」の発足

着々と核アレルギーの払拭を諮りながら、財界の主要メンバーと学界からは原子力導入に積極的な科学者で構成する「原子力平和利用懇談会」も発足させている

この会にはワトソンも「正力の存在がなければ、これだけの人は集まらなかったでしょう。特に科学者たちは、地位を失うことを恐れて、断れなかったようにみえました」と感心している、財界は儲かればなんだっていいのであるから、そんな連中はともかくとして、科学者の姿勢だ

ワトソン君には地位を失うのを恐れて、という風に見えていたのだ、もうこの時点で「多くの原子力関係の科学者は」「政治」に取り込まれていたということだ

はっきりしたではないか

政府・東電の要請によって動き回っている科学者はたとえ優れた業績の持ち主であっても、こと原発に関してはウソつきのぺてん野郎だってこと

しかし、ぺてん師でも時の流れをつくるには十分役に立つ

かくして潮の目は原発もいいじゃないかへと変わっていった

原水爆禁止運動は引き続き行われていても、奇妙なことに原爆と原発は同根だとは捉えられず、「原子力の平和利用を進めるのと平行して原水爆禁止を一日も早く実現するよう努力」と安井郁氏さえ言っている、氏は例の署名活動を行った杉並の主婦たちの後ろ盾になっていた名だたる原水爆禁止運動の代表的指導者である

アメリカのプロパガンダはこれ程までに功を奏していたわけだが、それはまた日本の原発にとって不幸の始まりでもあり、「フクシマ」に繋がる端緒となった

なお、正力・中曽根ラインも中曽根氏の思惑があり捻じれたものであった、各党の党派性もあれば所属する議員にも意見の相違もあれば支持母体の意向もある、時代の波もある、

しかし、情緒を重んじる国
私は思うのだが、落選したくないという議員心理に付け込んで無茶を言ってくる後援会に振り回され、会議をいたずらに掻き回す議員、議会はその度に収拾のつかない状態になるが、脛に傷のある議員たち、正論を述べたくとも揚げ足を取られるかと思うと二の足を踏む、そこで、ええ加減うんざりした顔で　もうええやろ、足して二で割るや、これで決まりや、となった議案が案外多いと、国のエネルギー政策として原発を位置づけるという、重要な法案もそのたぐいで、いろんな思惑の天こ盛りのようにして出来た法案だ、と
しかし、人の世ではなんでもそうだが、一度動き始めたことに対して「ノウ」というのには大変な勇気がいる、
かくして慣性の法則のまま、どこまでも突き進む原発
東海村での建設がはじまり、10年後の1965年に原発が完成し、目出度く臨界に達する
翌年から営業運転を開始し、東海村に「原子の火」がともる、となる
アメリカの監視下にある、「原発」と呼称を変えただけの「原爆」の製造がこうして始まった、
そして、次々と原発が建設されて54基となるが、その頃は、もう当初起きた激しい反対運動はもはやなかった
核アレルギーは表層的なものだったのか
それとも原子力発電所は「発電用の設備」であって、「原爆の製造所」ではないと本当に思っていたのだろうか
100%安全なものなど、この世にないのに原発の「安全神話」が功を奏し、原発は危険なものでもないと信じ込んでしまっていたのか

原発の建設地となった市町村はどこでも当初は反対派と賛成派とのあいだでもめるが、「金・うそ・おどし」の汚い遣り方で電力会社による反対派の切り崩しが始まると、後はなし崩し的に着工となる、赤字に苦しんでいた自治体は国からの交付金、電力会社からの多額の寄付金や固定資産税の増加で潤い、住民は電力会社関係に雇用され、出稼ぎに行かなくともすむようになった

少々の放射能が洩れ出ても広い空に拡散される、絶対に安全である、5重の壁に守られているのや、事故は起きないと電力会社が明言している、こんなええことはないのになにを反対しとるのじゃ、「ヒロシマ」がどうのこうのとか、地震が起これば原発が爆発し広島のようになるとか、反対派の連中が言っとるが、そのために電力会社さんは原子炉が壊れないように何重にも対策をうっていると言ってなさる、

それも万が一のことだで、そんなことは有り得ないから心配せんでええといっとるじゃ　ということでいつしか原発も自然に溶け込んで、風景の一部であるかのようになっている

慢性的な赤字財政に苦しむ自治体や働き口のない住民にとって、核アレルギーは目の前に積まれた札束でほっぺたを殴られると治ってしまう

3月頃から、ネットでの呼びかけに応じて、毎週金曜日の夜に国会周辺で集会やデモが続いている、当初は呼びかけに応じ、300人ほどの人が集まるという小規模なものであったが、今では1万人を超える人が集まる日もある

集会後は、口々に「原発は要らない、全部なくせ」と叫びながらデモ行進している

子どももいる、子どもを背負った母親もいる、年老いた人もいる、若者もいる、自由気儘といっていいくらいいな感である

福島から来ている人もいた、広島から来ている人もいる、手作りのプラカードには思い思いの気持ちを込めた文字やイラストが踊っている
東京だけでなく全国のあちこちで抗議集会やデモも行われている
ただ、立ち上がりが遅かった、戦さ・勝負事には、機先を制することが肝要で、日が経てば経つほど敵も用心深くなって、ここぞと思う時に反撃にでてくる
決定的なミスはマスコミを味方に取り込めなかったことである
自主規制しているのか、「フクシマ」の扱いは少なく、掲載されても記事はお座なりなものであるわざと報道しないのか、ことの重大さが分らないのか、どこからか圧力がかかって記事にできないのか、ニュースとして取り上げているのが余りにも少ない
「フクシマ」の事故後すぐにドイツで5万人の人々が「フクシマ」の子どもを守れとデモをやっていたのに新聞・テレビはそれさえ報道しなかった、ネット社会でなければ私たちは報道砂漠の住民となる、元来メディアは広告主に弱く、広告主は経団連に繋がり、経団連は原発を今以上に押し進めたいと思っている、これでは公平な立場で報道したり追及するには無理がある
しかし、スポンサーから圧力がかかっても遣る気さえあれば、いくらでも報道の仕方はある
例えば、保安院の最初のスポークスマンであった中村幸一郎審議官が「フクシマ」で「メルトダウンの可能性がある」と言った、すると、翌日からは、訳のわからない西山審議官に替わっていた
なぜか、とすぐ問いただす事ができたのだ、
なんや、こんな不自然なこと、おかしいではないか、中村氏がメルトダウンと発言したから更迭されたのではないかとどんどん追及していけば西山氏は立ち往生する、罵声が飛び交い混乱状態になる、こういう流れになるのが普通だ、カメラはそれを追い続け、そのまま放映すればいい

カオスのなかからしか本当の交替の理由は摑めない
メルトダウンしたという事実を曖昧にするために西山氏に交替させたということが判明すると、政府が国民をあざむくという許し難い面が公の場にさらされ、中村審議官を交替させた者の責任が問われる、「メルトダウン」の有無は私たちの「いのち」に直結する問題であり、そこを曖昧にするとは未必の故意による殺人罪を有耶無耶にするほどの大きな問題だと追求していく先に、経産省次官の責任問題が浮上してくる、
日本の公的な機関の一番の問題は、だれも責任を取ることなく有耶無耶のうちに幕を引いてしまう、その1点にある、進取の精神を摘み取ることにより腐敗堕落していく。
「フクシマ」でも官僚とマスコミのいい加減さを改めて知ることになる
責任を取らない、事態の本質を隠し矮小化するのが官僚や政治家だとあきらめ顔でブツブツ言っているだけでは何も現実は変わらない
旧態依然であるのを誰よりも秘かに願い、何事も密室で行われることを願っているのは組織のトップだということを常に肝に銘じて、公開の場で、追及の手を緩めることなく取材し、隙を見せることなく、どんどん報道していけば、スポンサーが「圧力」をかけようにもかけようがなく、不正が白日のもとに晒される
いくら多数のイエスマンで身辺を固めようが、白日のもとで事実が明らかにされると、イエスマンなど何の役にも立たず、権力は裸の王様である悲哀を感じることになる
こうなると、ことは簡単だ
このタイミングで利にさといスポンサーは報道側につく、さすればウドの大木は無様にどっと倒れる、不断に追及する者がいないので組織の上に行けば行くほど、自ら作り上げた幻のシステムに安住する

わけだから、耳元で木鐸を打ち鳴らし、民衆が雄叫びを挙げ、大挙して攻め込み、闇のシステムから連中を白日のもとに引きずり出せばすむことだ、

「社会の木鐸」でも「第4の権力」と称してもいい、持てる在野の力を存分に発揮して闇のシステムを打ち壊す気概を示してくれたらなあと、私は思っている。

独裁者が軍事力で国を固めると、先ずメディアを支配するのは古今東西変わりはない、情報がなければ私たちは敵の内情を知る事ができない、戦略を立てる事もできない

敵を知り己を知る、変わることのない戦略の基本

こんなに高度に発達した情報社会にあっては、情報戦は心理戦でもある

新聞社や内閣府に、英紙が100万人亡くなると報じているが、信憑性があるのかと聞いてみるのも一興。

ところで、どうです

私たちは「フクシマ」で多かれ少なかれみんな被曝している、この事実から目をそらして、いいのか、国がそんなことはないと言っているではないか、なんの「トク」があって、「みんな被曝している」と思うのか、愉快犯か。

そんな暇なんかない、私たちは「フクシマ」でみんな被曝している、この事実に向き合わなければいけない、私が強く言いたいのは、政府が年20ミリシーベルトに変更した地域に住んでいる人たちがこれ以上被曝を重ねていくと死んじゃう、一日でも早く避難してほしい、国は国民の生命と財産を守らなければならないのに、国民の負託を受けた政治家と何の権限もない官僚が「フクシマ」を見殺しにしている、それどころか、これさいわいと火事場泥棒をはたらいている

私たちが知らないだけで、日本国に愛想を尽かして独立した共和国があちこちにある、政府がひた隠

しにしているだけで確かに存在している、どれもがミニ国家だからさほど影響がないと思って、見て見ぬ振りをしているだけで、ほら、井上ひさしの「吉里吉里人」って小説があったろ、実はあれは「吉里吉里共和国」が成立していく過程を歴史の必然性から捉えたノンフィクションなんだ、こんなことを話すのも、いずれ東日本を捨てなければならない事態に陥った時、新たな国造りの一つの典型的な見本になると思って。

そうはいっても。

現実をみるにも想像力がいる、

15万人の人たちは日々不安な思いを抱きながら暮らしている、情報もほとんどなく、また県・市町村を通して二重三重のたらい回し行政でうんざりしている、

補償に関しても今一つ分らない、先の見えない状態では新たな生活に踏み出すこともできない、仕事は、子どもの学校は、家に帰りたがっている年老いた親、墓はどうなることやら、仏壇は、村の祭りはと、いろいろ頭を悩ます問題が次々と出てくる、被曝死も恐怖となって付き纏う、一つ悩みが軽減しても他の悩みで増幅される、残るも地獄、去るも地獄、

自主避難した人は被曝するのを少しでも避けようとして移住したが、一方では、家族・知人・親戚などの軋轢や移住先での不安な生活や金銭問題、何よりも腹立だしいのはこんな状態に追いやった東電からは勝手に移り住んだのだと難癖をつけられ、補償の埒外に置かれている、

　それでもいい

今からでも遅くはない

福島を心のよるべにして

新たな天地で新たな生き方をみいだそう

政府は税を取りたてるだけでなにもしない、私たちの生命・財産を守ろうとはしない
またしても屯田兵・ブラジル移民・満蒙開拓団
私たちは知っている、「原発に異議あり」と言った人が不可解な死を遂げているのを
目に見えない網が張られているのだ
いつ何時、狙い撃ちにされることやら、また親しい人たちにも累が及ぶことやら、
２０１４年９月に、「報道ステーション」を担当している岩路真樹ディレクターが自殺したとか、
直前の取材は、杜撰な除染の実態調査についてで、残された映像には除染した後の敷地の地面からビニール袋や自転車、タイヤなどのゴミが大量に映し出されている
彼を知る人は異口同音に自殺するなんて信じられない、と
岩路氏自身は「身の危険を感じている、私が死んだら殺されたと思ってください」と漏らしていた由、
これがユーチューブでみたすべてである。
だからといって「フクシマ」と岩路氏の死を関連付けるのは短絡的過ぎるよ。
ううむ。
他殺だと思われる何か証拠となるものがあればそうなんだろうが、杜撰な除染の告発・身の危険、これだけでは、
敵は殺人を自殺に仕立て上げていると、ならばもうこれは国家権力との戦いになっていると言いたいのか、
残された家族は自殺に納得のいかないまま、眼の前に広がる大きな闇から逃れるようにして社会の片隅でひっそりと暮らすことになる
「フクシマ」はそんな危うい日常の均衡に揺らぎながら、私たちの喉元に突き刺さったままだ

第15章　うそかまことかの皮膜

先の戦争では
私たちが渾身の力を振り絞って声を挙げなかった為に、１０００万人のいのちを奪い、３２０万人のいのちを犬死にさせた
国土は焦土と化した
肉親の死を悼む間もなく、飢えとの戦い、血のにじむような努力や朝鮮戦争の特需、アメリカの援助などがあって今日の経済大国となった
世界から奇跡の復興と驚きの目で見られ、自信と誇りとを取り戻した
これからは衣食足りて礼節をわきまえた成熟社会へと、動き出そうとした、その最中での「フクシマ」、小さな女の子がアタシあかちゃん産めるのと問いかけてくる
私たちの血や肉を分け合った「いのち」が地の底で泣いている
心を無にすると、ほら、聞こえてくるだろう、ぶつぶつと煮えたぎる音
ウランが崩壊していく、マグマに戻ろうとする
太初の地
地震学では火山活動と地震はワンセットになっているとかで、過去３２００年で１００回も噴火した富士山が、「東日本大震災の影響で噴火しなかったのはたまたま」と藤井敏嗣火山噴火予知連絡会会長

は指摘している
ひとが手にしてはいけないウラン鉱石からウラン235を抽出し、核分裂させた、
日本人の愛してやまない富士山
西之島は海底からの比高4000メートルの海底火山の山頂部にできた火山島だが、その西之島の近くで2013年11月20日に噴火が起きた
その後の活発な火山活動で、新島となり、その後も急激な成長をとげ、西之島とつながった
噴出しているマグマは、三宅島や八丈島などは玄武岩マグマであるが、新島は大陸地殻に似た安山岩マグマである、大陸形成過程の謎を解明する手がかりになるのではないかとのこと、
噴火しなかった富士山
安山岩マグマの噴火により出現した新島
そしてウランのマグマへの回帰

第16章　クライシスは大袈裟が丁度よい

「社会的責任を果たす医師団」の創立会長、ノーベル平和賞を受賞し、また「核戦争防止医師会議」の中心メンバーでもあるカルディコット博士が2012年11月19日、来日した時
「日本政府や東電の言っていることは、うそばかり」「200種類の放射性物質が排出されたが、セシウムばかりがとりざたされている、これはあくまで指標の一つ」「チェルノブイリでは、遠く離れたスウェーデンでもダウン症とか知的障害者が増加」「体内に入った放射性物質を除去する方法はなく、濃縮し、そして健康被害は何世代も続き、どんどんひどくなる」「4号機はM7クラスでいつ崩壊してもおかしくない、もし、そうなった場合はチェルノブイリの10倍もの放射能が放出される、南半球と北半球では大気の周り方が違い、交わりはなく安心なのでボストンにいる孫をオーストラリアにつれてくる」と
長くチェルノブイリの被曝者と向き合ってきた人でしか言えない言葉の重さがそこにはある、続けて
「メルトダウンが3回起きたことは歴史上ない、なにが起きているのか本当のことはまだ誰もわからない」としながらも
カルディコット博士が国民の生命と財産を守ろうとはしない私たちの国を厳しく糾弾し、返す刀で、金儲けのためなら人の命など何とも思わない東電を撫で切り、低線量の被曝であっても末代まで祟る底知れぬ恐怖から、3基ものメルトダウン、加えて、いつ起きてもおかしくない4号機の貯蔵プール

の倒壊によって日本はお仕舞い、並びに北半球も汚染するクライシスからなんとしても脱却せよと声を振り絞り説いていた、
そして、「ごめんなさいね、妊婦、子ども、妊娠可能な女性は今からでも東京を離れて下さい」と静かに語りかけている
東京在住のほとんどの人は東京に住めない、と言われてもキツネにつままれた思いであろう、福島だと間違えているのではないか、と
だが、まてよ
その福島にしても、この前おいしい福島の米を食べてください、検査済みですから安心して召し上がってくださいって、やってたよ、どんどん売れてた、放射能、放射能と言ってるがたいしたことなかったのだ
福島の学校給食でも福島産の米を使用することとなった
一部の神経質な父兄ががあがあと反対しているらしいが、農協と教育委員会が話し合って、検査して大丈夫な米を使用しているとか、だったら何も反対することもないと思うが、なにを言ってんだ、煽ってるのか、だから風評被害だと福島の人は困ってる、いい加減にしろ
3年も経てばもはやこういう状態である
風評被害であるとかないとか騒いでいた頃の方が懐かしい
政府も安全対策をとっている旨の喧伝に余念がないが、実情は場当たり的である
また、福島は勿論のこと東京在住の人であっても、関西なり九州に避難したいと思っている人もいるが、仕事の関係や、子どもの学校や、住まいや、経済的な問題、知人や地域社会の関係などで断念したり、躊躇したりしている

一番の要因は、国がはっきりとした施策を示さない、これにつきる
ひとは蛇の生殺し状態に置かれると、もうどうでもよくなって目の前のニンジンをつい食ってしまう、
これでは政府の思う壺にはまってしまう
避難者がてんでんばらばらに動き回る、一番手の掛からないのが自ら仮設住宅を出て所在不明になってくれることだ
こうしておくと最終的に、避難者は頑なになる、わしは乞食ではない、補償など死んでもいらんという精神状態となり、政府に不信の念を抱いたまま自らの殻に閉じこもってしまう
政府にとっては有り難く随分と安上がりな避難者となる、
年に20ミリにしたのも余り知られていないが、これは実によく考えた末の安上がり策である
ここまでくると、国がなにを画策しているのか、かなりはっきりしてきた
先ず補償額についてみると
東電の帰還困難区域の住民に支払った額について、文部科学省の原子力損害賠償紛争審査会が公表したところによると
夫婦・子供2人の4人世帯で平均9000万円、単身で4510万円とか
田中原子力規制委員長の年に20ミリシーベルト以下であれば健康上大きな問題はないとのことで、年20ミリ、1時間当たり3・8マイクロシーベルトに変更すると、全体の補償額はどうなるか
20キロ圏内をみてみると
東電が発表している2014年3月11日から13日に測定した48の地点での空間線量（率）で、3・8マイクロシーベルトを上回っているのは、双葉町は7地点のうち4、浪江町は9地点のうち7、大熊町は10地点のうち8、富岡町は6地点のうち2、南相馬市は7地点のうち0、田村市は2地点の

うち0となる
48地点のうちで、3・8マイクロシーベルトを超えたのは21地点である
このように、20キロ圏内であっても、48地点のうち、年20ミリシーベルトを超えるのは半分以下の21地点となり
残りの27地点の人々は放射線許容限度内だから補償の対象にならないことになってしまう、20ミリにするだけで補償の対象であった48地点が魔法をかけたようにあっという間に21地点になってしまう。27地点の人々は健康上問題になるほどの被曝ではないのだ
これがどれほどひどい措置か、チェルノブイリと比較すると更によくわかる
第一区分の5・2マイクロシーベルト以上の強制避難区域は17地点
第二区分の2から5・2マイクロシーベルトの義務的移住地域（農地の利用も禁止）は13地点
（註）ここまでに該当するのは48地点のうち30地点で、そこの人は移住しなければならない
第三区分の0・66から2マイクロシーベルトの移住権利対象区域は4地点
（註）ここまでで48地点のうち34地点の人は移住が可
第四区分の0・13から0・66マイクロシーベルトの放射線管理区域は残りの14地点
（註）この地点にいる人は病院の放射線管理室で生活しているのと同じ
どうですか
「フクシマ」では21地点・率にして43％しか補償の対象にならない
「チェルノブイリ法」でいくと、30地点が移住・残りの18地点は放射線管理区域での生活となり、48地点のすべてが補償の対象となる、「フクシマ」の方がチェルノブイリをはるかに上回る10倍もの放射性物質を放出しているのに、

２０１３年の秋に、広瀬隆氏が車でこわごわ2キロ地点まで行き、車内で計測したところ、３２０マイクロシーベルトを指し示したので驚き桃の木びっくり仰天
それもそのはず、年２・８シーベルト、これでは2人に1人が死んでしまう線量だったのだ
福島県全体の避難者が15・７万人、その内、政府の示した避難指示区域等からの避難者が約11万人
今、便宜的に避難指示によって避難した人、11万についてみていくことにする
従来なら、当然全員の11万人が補償の対象となる
仮に人口は各地点均等だとすると
補償の対象者は11万人掛ける21割る48で、４万８１２５人になる
これだと、補償総額は、夫婦・子供2人の4人家族の1万２０３１世帯に対する補償額が1世帯に対して９０００万円として、1兆８２８億円
（２０１５年2月20日現在、個人への賠償金総額は約2兆８１７億円と東電が発表）
11万人全員の場合、2兆４７５０億円であるので
差し引き、1兆３９２２億円が、単に1ミリシーベルトを20ミリシーベルトにすることで、国民の「いのち」を危険にさらすことによって
濡れ手で粟の1兆３９２２億円もの浮いた金が「原子力ムラ」の懐に転がり込む
これを巨大な利権という
私たち1億２６００万人の国民は、総額1兆３９２２億円を、ひとり当たり1万１０００円を知らんまに騙し取られているということだ
私なんか、一人2円でええ、くれたらなあ、生涯賃金になると思ったことがある
泥を被ってくれた田中委員長や天野ＩＡＥＡ事務局長に足を向けて寝たら罰が当たる、なにせ1兆

3922億円の儲け、どんな名目にしてチョロまかすのか
あるいは、個人への賠償金総額は2兆817億円と公表しているので、2兆4750億円との差額3933億円の猫糞《ねこばば》かもしれない、どちらにしても許し難い横領罪だ
ところで、移住した連中はあれでおさまるだろうが、残りの帰還する連中、6万1875人、世帯で1万5468なあ、9000万と比べて1000万で少なすぎる、家の修理代にもならんとか、家具や電化製品が使いもんにならんで買い換えせなならん、慰謝料の期間を延長しろとかごちゃごちゃ言うてくるにきまってる、そのための議員センセーやと、煩《うるさ》いことや、どっちみち花代くらい出さなかったら納まりはつかんだろうから、一戸当たり500万円くらいとして、そのぶん、上乗せするとして、えーと、なんぼかいな、1000万と500万に1万5468世帯なあ、2320億円とこか、しれている、まあ、一票のためや
私が、こう、闇の世界を俯瞰してみたのですが、どうですか
私たちの武器は想像力、闇の世界を描く想像力
国としては、ともかく11万人の避難者の対策として、それに見合う補償をたった1・3兆円ほどでカタをつけたということになる、福島県で15・7万人について、11万人は解決済みとして除外すると、残り4・7万人、これもたいしたことない、すべて帰還させて
1万2000世帯、1500万円ほどの補償で1800億円たらず、年20ミリシーベルトの基準をそのままにしておけば、福島県以外の地域でも、そうそう補償が問題化することはないであろう、
除染に注ぎ込んだ金よりも安い
これで、補償は終決、当局は以後一切関与せず、帰還しようがしまいがお好きなように
そして、補償は東電がしたことにしておく、

ところで、次の二つはどうだろうか
1．福島は父祖の地であるので被曝しても暮らす
2．福島は人の住めない空白地帯として鉄路も道路も迂回する
この両者を比較してみると、2の方が圧倒的に衝撃的である
「フクシマ」が未曾有の大惨事であることを具体的な形で世界に示すことになる、そうなれば原子力産業に与えるダメージは計り知れない
チェルノブイリで巧妙に行われた、「目立った対策をとらせないようにする」、そういう力が暗に働いていたのと同じ力が「フクシマ」でも働いているとすると
「闇の力」は1へと向かう
日本政府は、東電と一体となって「大量の被曝死政策」をとった
これが、「フクシマ」はなかったことにする、真意である
100万人の死者が出てもウクライナやベラルーシがそうであるように5年、10年、15年というように長いスパンでの統計上に現われる数値でしかない、国民が実感として感じるのはちょっと最近死ぬ人が増えたような気がするよ、日本もとうとう人口減の国になったなあの井戸端会議で終わる
被曝者手帳を発行していないので「フクシマ」が原因だとの訴訟問題が起きても敗訴することはない、
「原子力ムラ」は安泰である
メディア対策は怠りなく行う
後は、廃炉作業は東日本大震災の復興事業の一部であると位置づけておけばいい
今となってはデブリを取り出すことはできないであろうから地下水の流れを敷地外に変え、1から4

号機の基盤に大量の鉛を流し込み、チェルノブイリの石棺をはるかに上回る規模の石棺で全体を覆うことになるであろう
ボタやま「フクシマ」の出現である
一方、太平洋に流れ出している汚染水はどうか、つかいものにならぬ核種除去装置（ALPS）であるが、汚染水から放射性物質を除去していることにしてそのまま太平洋に流さざるを得ないなあ
トリチウムはもともと除去できない、ストロンチウム90は法令上の基準は1リットル当たり30ベクレル以下となっているが、この前、貯蔵タンクから漏れ出した汚染水を計測してみると、ストロンチウム90は８０００万ベクレル、これには我ながら驚いたがそのまま太平洋に流すしか手がない、ばれたらばれたで、その時だ、国際世論が高まりを見せなければ、汚染水を海に流れ出している問題もなんとか切り抜けられる、ＩＡＥＡの天野之弥事務局長に泣きつく手もある
しかし、甘いかな
いろんな国の機関が太平洋の汚染されていく状況を捉えている
ドイツのキール海洋研究所が２０１２年7月６日に発表した放射能汚染水の海洋拡散シミュレーションも気になる
私も、太平洋の死滅問題が国際問題として、いつ浮上してくるか、気になる一人である、かつて、瀬戸内海に赤潮が大量に発生し、死の海と呼ばれたことを思い出す
そうはいっても、太平洋は瀬戸内海とは比べようもないほど広い、少々の汚染でまさか死の海になるとは思えないが、10年余りで太平洋が死滅とのシミュレーション、杞憂だと言われるのもしゃくで
話をもう少し身近な方に戻すと

浪江町では2万2000人の全住民が避難しているが
馬場町長は「住民に何かあった時の担保に」と思い、事前処置として町独自の「放射線管理手帳」を作り、発行するための承認を得ようとして厚生労働省に出向いた
しかし、「今は何の症状もない」と言って厚労省は全く取り合わなかった
どうだろう、この応接ぶり
常日頃から厚労省は健康管理をせよ、健康診断を受診せよと予防医学に取り組んでいるではないか、「放射線管理手帳」を申請・審査・発行する、それだけのことである、現に「ヒロシマ・ナガサキ」の「被爆者健康手帳」は曲りなりにも発行されている
同じように、「フクシマ援護法」をすみやかに制定し、手帳を発行するのが政府・厚労省の仕事であり、このことに何の異論があるというのか
「放射線管理手帳」とか、「被ばく手張」というのは非常に重要な書類となる
被曝した証拠書類であり将来の担保となる。
ベラルーシで長年にわたり医療活動に取り組んできたドイツのジーデントプフ博士は、「チェルノブイリは遺伝子の中で荒れ狂っている」「ストロンチウムとセシウムの半減期から計算して、この現象はあと300年間（少なくとも8世代）はつづく」と警鐘を鳴らしている
「チェルノブイリは過去の問題ではない、28年経った今も、猛威を振るっているのである、年に1ミリシーベルト以上5ミリシーベルト以下の地に住み続けると、放射線がDNAに影響を与え、卵子を傷つける可能性はそれだけ高まる、厄介なことに卵子は一度でも傷つけられたら、もはや修復できないので、胎児は流産か死産か、産まれた場合は奇形児である」と述べている、
「放射線管理手帳」は汚染地帯に住まざるをえない私たちの過去・現在・未来につながる悲しい放射

能との戦いを綴った記録帳となる
博士の言う1ミリ以上5ミリ以下の地といえば、これはもう日本列島のどこもそうだとなる、
「女性や子供達を即座に避難させなかったことに対しては、ただただやり場のない怒りを感じるだけです」「実際の危険に関する情報は伝えられていない」「なんという無責任な」と叫ばざるを得なかった博士の心情は痛いほど伝わってくるものの、多くの日本女性の卵子が放射線で傷つけられたら、民族存亡の危機ではないか、
しかし、電力会社の毎年1000億円の放つ威力は余りにも大きい
至るところで「フクシマ」はたいしたことはない、たいしたことはない、微量の放射能を吸い込んだところで健康上心配するほどのことはない、積算被曝量が200ミリシーベルトになっても発がん率はほんのわずかしか増えない、除染をすれば大丈夫だ、もともと地球上には放射性物質があるのに今まで暮らして来て何か問題があったかい、放射能よりもタバコでガンになる人の方が多い、レントゲンやCTから受ける放射線の方が高い、原発を廃止すれば電力不足に陥り、あらゆる産業が国際市場において負けてしまう、電気料金が高くなる、二酸化炭素が増える、原発のある地元の産業がすたれ失業問題が起きる、年間20ミリはIAEAが安全であると決めた国際基準であるから大丈夫である、停電にならないのは原発のおかげだなど、など
なにもかもウソ、ウソだ、平気でウソを撒き散らしている
何もかもウソだ
こういった「うそ」が日常の隅々までに沁み込んでいるので、原発は嫌や、と言いだせない雰囲気になっている
さすがに「フクシマ」の直後は、原発は恐ろしいと皆な思ったが、もう以前の状態に戻っている

正力松太郎をつかって日本から原爆アレルギーを取り除き、原発を導入させようとしたアメリカによるキャンペーンが功を奏し、原子力を有害と同一視していた人が1956年には70%に達していたが、もろくも2年足らずの58年までに30%に下落してしまった、そのことを今一度思い出してほしい、あの時はアメリカ主導であったが、

今回は、政府・報道機関が「フクシマ」はなかったことにしようとの世論を作り出している、どの業界でも寡占化が進むと弊害ばかりが出てくる、報道機関も例外でない、ただ、報道機関の場合は私たちの情報源の大きな部分を占めるので厄介だ、広告収入に頼る商業メディアはどうしてもスポンサーの意向に逆らえない面がある

そしてそのうえ、本来はスポンサーとメディアとの仲介をするに過ぎない広告代理店が力をつけてくると、両替商に過ぎなかった銀行が金融資本化してくると絶大な力を持つのと同じで、メディアに介入してくる。

典型が広告界のガリバーとも呼ばれる「電通」である

「電通」ほどになれば、あらゆる場で作為ある情報を巧妙に織り込み、世論を操作することもできる、勿論、電力会社の手足となっているのも電通である、東電の不利益になるようなことは隠蔽される、これでは生の情報が私たちにもたらされるわけはない

報道するにあたっては一面的な内容である、知らしめるなで取り上げること自体なかったりもする。

政府・東電はチェルノブイリから学ばなかったのではなく、実情をよく知っている

多くの原子力関係の学者を抱えているのだから「フクシマ」の事故の原因、実情、適切な対応策もわかっている

当時の菅総理も裸の王様であった

長年にわたったって巧妙に幾重にも張り巡らされている「原子力ムラ」の利権勢力に対して、余りにも不用意に戦略もなく子どものように正面突破をはかろうとしたようである

これではひとり相撲だ

なかでも致命的であったのは、翌日の12日にはメルトダウンが起きていると東電が把握しながら隠していることを問い質さなかったことだ

12日に、メルトダウンと言った中村審議官との詰めをきちんとやっておれば、対応策は当然のことながら後手後手に回ることもなかった

住民の避難について、5キロ圏内は避難とか、10キロとか、徒に混乱を招くような無様な対応策ではなく即座に半径30キロ圏内、もしくは米軍がとったように80キロ圏内の住民を避難させる措置がとれたことになる

また冷却機能の不全にともない、代替策として海水を注入せざるを得なくなっても逡巡していたこと、これは東電本社と福島第一発電所との間で、認識のズレ（本社としては海水を使えば廃炉となる、発電所としては海水を一刻も早く注入しなければ爆発する）が生じた結果、海水の注入が遅れた、現場のことは現場に任せるというイロハさえ順守されなかった

（なお、アベ総理が、海水の注入にストップをかけたのは東電本社ではなく菅総理だというデマを流すという卑しい悪質な行為が最近あった）

情報の隠蔽が行われたうえ、なんのことはない、「原発の安全神話」を作りだし、広めた東電・政府が、原発は100パーセント安全であるから危機に備えた体制など不要であるとの落とし穴に自ら落ち込んだというブラックユーモアだった。

バカでない限り、100パーセント安全なものはこの世にないとみな知っている

だから緊急非常時の体制を前もって用意している
石橋は叩いて渡る、それでも事故は起きる時には起きる
東電は事故を起こした当事者として、呑気そうに東京などにおらず福島第一原子力発電所内に対策本部を置き、社長を本部長として陣頭指揮にあたれ
すべての情報を一元管理し、本部で集約し、その都度、官邸に報告し、対応策を協議する、これがイロハのイである
さて、肝心要の清水社長の行動はどうかとみてみると予測した通り、あきれ果てたものであった、
3・11　の当日は出張と偽り、細君と秘書をつれて奈良へ物見遊山、連絡を受ける
3・12　帰京しょうとするが、新幹線がストップしているので、ヘリコプターに乗るが途中で下りたりする、動き出した新幹線に乗って、ようやく帰京
3・13　の夜、記者会見　記者は当然事故についての会見だと思っていたが、14日から計画停電を行うとの会見と知り、一同唖然
3・14　東電社員を現場から撤退したいと主張して菅総理に怒鳴られる
3・15　官邸で菅総理に叱責され泣く、設置された統合対策本部の副本部長に就くがウロウロするばかり
3・16　本部に来るが過労と称し中座、帝国ホテルに引き籠る
3・17　から3・21　帝国ホテルに引き籠ったまま
3・22　ときたま本部に顔を出す
3・23　から4・6まで　入院（偽装）

もうなんともいいようのない清水社長
しかし、保身・理財はあざやか、入院中に神奈川の自宅を売却し、都内の億ションを購入し、転居、
社長が社長であるから、東電は当初から逃げの一手
想定外の津波でどうしようもなかったということにして、責任逃れに一直線
誤魔化されてはいけない、先ず、震度6強の地震が（東北地方太平洋沖地震で福島原発のある辺りは震度6強）（2009年8月から2014年11月までの間に、震度6弱以上の地震は12件起きている、淡路島・静岡・駿河以外は東日本で、阪神淡路大震災以来、地震の活動期に入ったといわれている）襲い、送電用鉄塔を倒壊させた、これで外部電源を喪失した、原子炉への配管が幾つか破断しているのを作業員が見ている、この直後から交流電気系統が駄目になっていた
徐々に原子炉内の水位がさがり燃料棒が空気中に露出し始め、メルトダウンが始まる、
本来なら、この時点で非常用ディーゼル発電機が作動し、水を供給することになるのであるが、地震発生からすでに30分経っており、遡上高14メートルを超える津波が襲いかかり、あっというまにディーゼル発電機を押し流してしまった
全電源喪失という手足をもぎ取られた原発。
真っ暗な闇のなかから這い出してきた作業員、ごわついた手袋を揉みほぐしながら打ち寄せる波しぶきを見ている作業員、事態がよく呑み込めずあんぐり口を開けたままの作業員、無事かと一言うと
そのままへたり込んだ作業員
遠くの免震棟にぼうとあかりがついた
お釜に水やらんと爆発や、とだれかが叫んだ、それが合図であるかのようにして、はっと我に返って
はらはらとそこかしこにいた者がてんでに逃げ場を探して、一時ざわざわしていたが、次々と車のエ

ンジンを吹かし消えていった。

災害なり事故を最小にくい止めるには初動如何にかかっている

冷却用の水を海水で代用する以外に方法がなければ、「廃炉にしない」より「爆発させない」をさっさととる

情報は一元化する

トップダウン方式で行う

こういったことが非常に重要になってくる、

無論、日々のきめ細やかな安全への取り組みがなされていなければならないことはいうまでもない、殊に原子力関係には他の分野以上にそれが求められている、安全性が確保されて初めて稼働させることができる原発、

「フクシマ」ではそれがなされていなかったことが事故ではっきりした

東電は事故の原因を「想定外の津波」にしておきたいのだが、これでは地震対策がええ加減になり、「フクシマ」と同じ事故が次々と起きてもおかしくはないことになる、津波が困惑しているのが見えないのか、儲けに目のくらんだ者は自分に都合のよいようにしか考えが及ばない、

東電よ、一度は言ったんだよ、地震で鉄塔が倒れ、交流電源を失ったと、人間、慌てるとやっぱり碌なことない、震度6強で送電用鉄塔が倒れたと思わず言ったちや、これでは安全体制にぬかりがあったと認めざるを得ないよなあ、人災、人災ってこと、東電よ、あんたが招いた「フクシマ」ってこと、想定される、地震に対する安全対策を取っていなかったこと、これは原発の規定に関する重大な過失責任となる、この責任は1000年かけても償え

しなきゃいけない安全対策を金がかかるからしなかったばかりに起きた事故、他に同じような原発が

ゴロゴロある、もう安全神話など「フクシマ」でだれも信用しなくなった、不安な面持ちで原発より突き出た排気筒を眺めている、広瀬隆氏の言うように、原発はいつ爆発してもおかしくない「時限爆弾」そのものである

勿論、国の方もええ加減だ

原子力政策とか核燃料サイクルなどを企画立案する資源エネルギー庁と、発電用原子力施設に関する規制や安全の確保にあたる原子力安全・保安院とが同じ経済産業省に同居しているという奇妙奇天烈なことになっている

当然、人事面での異動もある、経産省のなかで手綱を伸ばしたり引き締めたりと訳のわからないことをやっている

身内同士では少々疑念に思うところがあっても、ことを荒立てるのもどうかとそのままにしてしまっても別におかしくはないのが日本の社会、これでは安全管理がまともに機能するはずもない

そのうえ、保安院にしても専門家集団ではない

長年、原発で働いてきた配管工の平井憲夫氏が笑っていた、昨日までコメの検査をやっていた人が今日から原発の安全担当になった、ですって

これでは安全に関する定期検査をおこなってもお座なりになるのは当然だ、それでは沽券に関わるとかで、受験勉強はお手の物、検査に関する事柄をねじり鉢巻きをして丸暗記していたのかなあ、でも、冗談ではすまされない

安全神話と並び、こんな「とうしろう」が原発の安全管理を担当していたのでは危なっかしくてみていられない

背筋が寒くならないですか、これが原発における日常の光景なのです

いつ爆発してもおかしくはない、爆発しないのはたまたま爆発しなかっただけのことで桜島と同じだ、
こんな危なっかしい原発と自民党は3年前に野党になった期間を除いてほぼ50年来、政権与党である
ことをいいことに国策として54基もの原発を建設・稼働させてきた
「フクシマ」が起きても、それまでに築き上げてきた「原子力ムラ」の利権を手放す気などさらさらな
く、東電も当然自民党と軌を一にする
そして利権のことなどおくびにも出さず、国の産業発展のためには欠かせぬエネルギー源だと素知ら
ぬ顔で原発の必要性を叫び続ける
かつて田中角栄は利権は3%と言ったとか、
それだと原発一基の建設費が5000億円で150億円が政治家の懐にと、稼働を始めてからもいろ
いろと、成程うまい仕組みだと感心していては国土は汚れるばかり
原発は忙しい、いざとなれば直ぐに原爆を製造しなければならない、不当な利益を得るためには水増
しと手抜きと昔から決まっているから
リベートや浮かした金と杜撰な工事で出来た原子炉を天秤に懸けながら稼働している、やはり「時限爆
弾」だ
小さなトラブルは日常的に起きており、それが常態化しているのを知らない人がほとんどだから時限
爆弾というより地雷といった方がいいかな
そして、何も知らぬまま、人々は従来通り「フクシマ」で暮らし続ける、
原発を受け入れただけで、ほんの少しお裾分けを頂いただけで、家・土地・仕事を奪われ
生存をも脅かされて、流浪の民にならなければいいが…
日本は民主国家だと思っている人は多いが、そう思わされているだけのことだ

「国境なき記者団」が各国でどれだけ自由な報道がなされているかを分析した結果を「報道の自由度」ランキングとして発表している、
2010年は11位、ところが、「フクシマ」以降は、11年と12年は22位、13年に53位と一挙に下がり、14年は59位にまで低下、これは少しでも政府批判を口にすれば逮捕、刑務所送りになる国と同じ水準、物言えば唇寒しの世界
「フクシマ」の報道の有り方や特定秘密保護法が問題視されたのであるが、改めてアベ総理とマスコミのお歴々がどこぞの銘酒を舐め回し、会食している姿がドス黒く浮かびあがってくる
あほらしくなり、絶望の淵に立とうとも、その先にあるのは希望だ。
これが、地球が丸いことの意味するところ、
ぐるりと反転し、私たちは反世界でも生きることを示すのだ、
そして、誇りを失ってはならぬ。

3・11の時、菅総理は首都圏を含め250キロ圏内の避難計画を検討していた
しかし、野田総理に替わってもアベ総理に替わっても、今もって避難計画の話は出てこない
福島近辺での震度6強クラスの余震や首都直下型の地震の起きる可能性もかなり現実味を帯びている、だとすれば、ますます250キロ圏内の避難計画を立て、備える必要がある
ところが、2012年暮れに政権に復帰した自民党は、「フクシマ」の廃炉に向けた工程などの検討もそこそこに、危惧した通り、30年代に原発ゼロにする目標などなかったことにし、早速、停止中の原発を再稼働させようとしている
先日、東電は新潟の柏崎刈羽原発6、7号機の再稼働を原子力規制委員会に申請すると発表した

泉田知事が、決まりになっている事前の相談もなく申請する、こういう態度では立地地域との信頼関係を築けるはずがない、安全よりお金を優先したと猛反発しているとの報道があった

一事が万事、これが東電だ

「フクシマ」を抱えているのに、「フクシマ」は他人事か

原発を一基稼働させれば年に500億円稼いでくれるとか、これしか頭にない、ひとの生き死になどどうでもいい、死んでも平気の平左、命より金が大事かよと言われても蛙の面にションベンで、かえってこちらが恥かしくなって赤面する

東電幹部と経産省官僚のメールでの遣り取り（週刊朝日　2013年7月19号より）

「柏崎はやはり反発が来ましたね、先に地元の了承をとりつけろとの論になるでしょう」

「離れたところで地元と話をすると早く再稼働してもらわなければ困るんだよ、東電さん。議員さんたち、たいてい原発関係の商売に関わっている、再稼働しろと言う、だが、議会になれば、ダメダメ」

「新潟県知事、次の選挙はまだ先、つめたいでしょう」

「今年の夏、気温が40度くらいまで猛暑になれば、議会、世論ともに再稼働容認になるだろうかと、あがれ、あがれと天気図に手を合わせて」

「2度の夏を経験、原発なくとも電力がまかなえたので大丈夫だとの意識が国民に植え付けられた、昔のようにお金だけでは世論は操れない」

「反発、柏崎で動かれる時でしょう、地元もNOというしかない状況になりかねません、過去の裏での積み重ねが一気に壊れてしまう、巧妙にされているとは思っています」

ここに、今の、いや近代以降の日本のどうしようもない宿痾がはっきりと見て取れる、このような病巣を摘出しない限り、この国に未来はない

二人の役者が生々しい、反吐の出るような遣り取りをしているではないか

●国民を見下した横柄な態度

●原発は国のエネルギー政策として必要不可欠なものであるかどうかは、ヤツラにとっては実はどうでもいいことで、原発を稼働させれば「原子力ムラ」は、汚い金を手にできる、それだけのためにいろいろと画策し、再稼働しようとしているだけのことだ

●原発の誘致に始まって建設・廃炉までの間、トラブルや不祥事や放射漏れのもみ消しなどに余念がない、また、「裏」にまわって村の組織、親戚関係、知人関係、職場での関係などを用いて、恫喝で、泣き落としで、村八分で、暴力でと、あらゆる手口で反対派を切り崩している、その間、陰に陽に金が動いている、

●世論を操作する

●原発がなくても火力、水力発電等で需要を賄えるだけの供給量があるのを承知のうえで節電を呼びかけたり、突然の停電騒動を起こして、原発が停止するとこんな事態になると脅しをかける、しかし自家発電に切り替える企業が多くなってきているので慌てている

●「フクシマ」で作業員が死のうが怪我をしようが、作業員は下請け企業との雇用契約になっているので我関せずだ、と

どうだろうか

週刊朝日の発行部数は約21万部である、

私はネットで読んだのだが、猛然とはらわたの煮えくりかえる怒りと百年河清を俟っても駄目かとの混ざり合った感情が澱となって沈んでいくのを覚えた

ああ、また余分なものをしょいこんだ

どうするか
こういった連中が「フクシマ」と誠実に向かい合い、対処していくとはとうてい思えない
手始めに、20万人以上の者が知ったわけだから、経産省の官僚に対しては、発行元の「週刊朝日」が
呼び掛け人となって、公務員として逸脱行為があったと、1万人ほどの署名を持って懲戒免職処分を
求める行動をとってもいいケース
もともと官も民も最も恐れるのは人事と公開
人事に関する査定内容を公開しなければ、組織のもつ悪意が個々の人間を歪てしまう、上には米つき
バッタで下は顎で使う
平目と横柄の合体人間にならなければ組織から弾き飛ばされてしまう
3年ほどで部署を交代していく公務員、
この件は前任者が担当してまして私には分かりかねますとか言って、責任を回避する、
東電も官僚以上に官僚的だと言われているが、まがい物は本家よりもたちが悪い
「フクシマ」で、いまだに誰も刑務所に入っていない
業務上障害致死罪として被災者が東電の幹部を提訴した判決が下りたが、無罪であった、
責任回避のシステムを国が保障していることになる
これはおかしいと思って異議を唱える者が出てくると、途端にぎくしゃくした空気が流れる
異議ありは針のむしろに座ったような痛みを感じながら孤軍奮闘せざるを得ない状況に追い詰めら
れてゆく
そして、異議が勝利しても核心ではなくほんの瑣末なところだけが正されるだけのことだ、
そう、トカゲのしっぽ切り、これでなにごとも元通り

勝俣会長や清水社長が安穏としておれるのはこういった日本の陰湿な風土が背後にあるからだ、
　和をもって貴しとなす、か
見えるものといえば、おぞましい排気筒、いつもそこから放射能を吐き出している、
わしらはだまされていた。
万が一にも洩れることはない、事故など起きないので安全対策などする必要はないが、そこはそれ、
皆様に安心していただくために五重の安全対策をとっております、これで絶対に絶対に放射能は洩れ
ません。
だったら、なんでじゃ、わしの身体は腐りおる、見て見い　ほれ、手で触るとべれと皮が垂れよう、
髪の毛もどさりと抜けた、顔は腐り、お岩さん、おまえも放射能でぐちゃぐちゃにしたろうか、
けんど、まあ、ええ、こんめえ子もいることじゃろ、大事にせいよ、わしはもう眠りに就くとする、
あとはカラスなり、腹のすかした犬なり、たんとお食べ、放射能をフリカケタわしじゃが
私たちは今まで沈黙は金だと思い、そのためにじっと耐えたが、いつまで待っても神も仏も現れない。

大気中だけでも難儀なことだが、放射性物質は水をも汚染するから堪らねえ
1号機から3号機の溶融した核燃料が地下水脈に辿り着くまでに、遮蔽する構造物を作らなければ、
地下水と混ざり合って川、池、湖、井戸などがセシウムやストロンチウムやプルトニウムなどの放射
性物質に汚染される
飲料水が汚染されたらその地には住めなくなる、
メルトダウンした時点で、当時、京大の小出助教など何名かの学者が建屋の下に地下プールを作って
防げと進言したが、東電は金がかかるとかで端から取り合おうとはしなかった、

今も、1日1000トンほどの地下水が敷地内を流れており、そのうち400トンの地下水が建屋の下に流れ込み、核物質によって汚染された水となって、土壌に浸み込んだり海に流れ出ている、海に流れ出す汚染水をくいとめる策として、1から4号機周辺の地中を総延長1400メートルにわたって凍土で遮蔽壁を作ろうという計画が練られている

建設費として320億円を国が負担し、2014年度中に着工

前例のない難事業で首尾よくいくかは早くも懸念されている

地下水の流れがあることは建設時において把握されていたことなので、今回のような事態になれば大量の汚染水となって海に流出する問題が生じることは予測されたことである、二重三重のミス

私たちは失敗から学んで次のスッテプへ進む、失敗から学ぶには何がいけなかったのかを徹底的に分析する

東電のように責任逃れをしたい一念から事故隠しばかりしている企業はもうそれだけで詰んでいる、このような企業が大手だと言われなくなる日が来て、はじめて少し明かりが見えてくる社会に変わっていくのだと思っていい。

祖父母がいる人は祖父母に聞いて欲しい

戦中、戦後の困難な状況のなかでどのようにして生き抜いてきたかを

ヒロヒト天皇のために戦い、死ねと強要された日々が1945年8月15日をもって主権は国民にあると言われた時の驚天動地を

これほどの変化をそう簡単に受け入れることが出来ない方が人間臭いのかも知れない、

だが、戦死した子を持つ母は我が子が最後に天皇陛下万歳なんて叫ばなかったことを、母さん、母さんとそおっとつぶやきながら死地に赴いたことを感じとっている、母には戦争は終わっていない、そ

うでなければどこに救いがあるというのだ、そんな肉親の思いに接したら、3・11以降の生き方を模索していくこともできる

長い時を必要とするのだ

今すぐにといえば、こういった個々のつぶやきが反映されるのは間接民主制のもとでは選挙しかない、

戦後、民主主義の形をとりながら実質的には自民党の一党独裁政治が続き、その下で、国策として原発が押し進められてきた

しかし、3年半前、自民党が下野し、民主党が政権党となった

2013年12月16日に行われた衆議院選挙では、消費税、震災の復興、デフレからの脱却、税と社会福祉の一体化、TPP、対中国問題、沖縄の基地、「フクシマ」などの問題が掲げられたが、

公約として掲げただけで争点をぼかしたまま何ら論争されることなく、民主党の政権運営の拙さという失点と小選挙区制のマジックとが自民党の圧勝を招くという結果になってしまった

それはシロアリの巣窟に、言いかえれば天下り先になっている特別法人や、米国債の不透明な購入や、財務省のさじ加減でどうとでもなる予算の配分などの検証が例によって全くなされないまま、今まで通りの官僚主導型の政治を温存させることとなった

国の根本的な統治機構の見直しが必要であると多くの人が思っているのに

それを行えるのは私たちが投票した政治家しかいないという民主国家にとっては当たり前のことが、

いざ選挙となると、公約はお題目に成り下がり、論争もなく、地縁・血縁・金で繋がっている後援会や会社や労組などの組織ぐるみによる泥試合の選挙となる

当選した議員は利益誘導型の活動しかしない、そこに小判サメのようにくっついて庇を借りて母屋をのっとっていく官僚

原発もそこにリンクしており、最大の利権のど壺となっている
かくて、「フクシマ」が日本を滅ぼす危険性を孕んでいるというのに
はや「フクシマ」はなかったことにされかかっている
80歳を過ぎた大江健三郎氏は、毎週、金曜日の夜に国会前で行われている「原発をゼロにせよ」の集会にたびたび出、引き続き行われるデモ行進にも参加している
氏の口から静かに「なかったことになっている」と言われると千金の重みがある
そう、そうなんだ、いつだって、この国はこうしてやり過ごしてきた
氏はノーベル賞まで拒むことはしなかったが、「戦争」も「フクシマ」も「ヒロシマ・ナガサキ」も「なかったことにする」この国から授与される文化勲章は拒否した
六ヶ所村の使用済み核燃料再処理工場、2兆円以上の費用がかかっている
事故が起きれば北半球は高濃度の放射能にさらされると言われている
この震災でも間一髪で難を逃れただけである、最大の「時限爆弾」である
全国にある54基の原発から運ばれてきた1万3520トンの使用済み核燃料が貯蔵されている
もう2年もすれば貯蔵プールは満杯になる、
新たに六ヶ所村に貯蔵プールをつくるか、各原発の敷地内に新たに貯蔵プールをつくるしかないが、
5年ほどは高温の崩壊熱を出す燃料棒をプールで冷やし続けなければならない
これほどの「危険物」を狭い国土に抱えている国なんて日本しかない
そのことを私たちは自覚しなければ
万が一なのではない、いつ起きてもおかしくない核の暴走が六ヶ所で起きたら、私たちは終わりなのですよ、私たちだけなら自業自得だが、多くの国の人々を巻き込んで死に追いやる、個々の原発も全

部リンクしている
私はネットで遊んでいて驚いたことがある、
さあ、クイズです、日本一住民の平均所得が高い町はどこかと、東京の田園調布か、私は関西だから芦屋かと思ったが違った、答えは六ヶ所村。
さて、どうするか
阪神淡路大震災以後、地震の活動期に入ったと言われているが、もしそうなら、どこの原発も地震で爆発してもおかしくはない、
チェルノブイリでは今でも事故を起こした4号機の片付けと2号機の解体に向けて常時7500人の労働者が働いている
作業員は被曝の恐れや劣悪な環境や、多くの下請け業者や暴力団の介在により所定の賃金の半分も受け取れないことへの不満で集まりにくくなっている、いつまで今の7000人体制が維持できるか
尊大な東電の自業自得だといってほっておけばいいが、そういうわけにいかない「フクシマ」
ああ、なんというおぞましい現実
そう思って改めて政治家の顔を見てみると、あの顔、この顔、口舌の徒にしかみえない、
もみの木医院長・川口幸雄氏が医療関係者向けの講演会で
「現在の日本政府、福島県、栃木県が行っている政策は、計画的殺人といえるかもしれない」「日本政府は、国民を守る気はない。これは間違いないようである」、と
また、欧米のメディアでも「日本は犯罪国家である」と糾弾している
当局は当然のことながらネット上のこういった情報の収集も怠りなくおこなっている、
新聞はアベ総理の言動を概ね肯定的に報道しているが、そこには「計画的殺人ともいえるかもしれな

い」政策を平気で語るに落ちたアベ総理がいる
例を挙げると、最も重要な施政方針演説でも、「責任あるエネルギー政策を構築して（中略）東電福島原発事故の反省に立ち、原子力規制委員会の下で、妥協することなく安全性を高める新たな安全文化を創りあげます。そのうえで、安全が確認された原発は再稼働します」と明言している
はっきりと言ってるよ、「新たな安全文化を創りあげ」ると
なんら心に響かない言葉を原稿を見ながら読む神経はかなり特殊な才能だと思うが、翻案すると、「安全神話」という言葉はもう使えなくなったので「安全文化」に変えて、「福島の反省などせず、安全性なんかにかまっていると再稼働できないので、新たに安全文化という言葉を振りまいて、原発は安全なものであるということにしておいて、どんどん原発を再稼働させます」と、いうことになる、これが「美しい日本を取り戻して」と言っていた言葉の内容にもなっている
蛇足ながら、「安全文化」という言い方も日本語としては成立しない、「安全」は「文化」のカテゴリに入らない
また「安全性を高める」なんてアベ総理に言われると、これからは、ドロボーに金庫のカギを預けて安心して出かけていいのだなあとなる、
しかし、なんといっても「フクシマ」地獄に突き落とされた私たちが、今後とも「時限爆弾としての原発」・「テロ攻撃の対象となる原発」にいつもおののく生活をつづけなければならないことに耐えられるかということだ。
「フクシマ」を津波によるとしてしまえば、各地の原発は地震対策をおろそかにする。
集団的自衛権を行使するのだと宣言すれば、六ヶ所村の再処理工場や原発をテロの格好の標的として差し出すようなものである

杞憂であればいいのであるが、不測の事態といわれていることは往々にして起きる
キリストもユダに手を噛まれたではないか、
テロ攻撃を受ければ、もう日本はお仕舞だと覚悟しておいた方がいい

第17章　そんなあほな

新聞を見ても、テレビをみても、今では「フクシマ」などなかったかのような感を受ける
大飯原発を再稼働させるのは夏の電力不足を回避するためだというのは真っ赤な嘘だったということも判明したが、ああ、そうですかで済んだ、
関西電力が原発を稼働させなかったら1日あたり1億円以上の損だという、たったそれだけの理由で、ああ、そういうことか、儲けだけを考えて稼働させたかったのかと、変に納得しては駄目だ
私たちは原発が正常に稼働していても排気筒の水蒸気、海に垂れ流している温排水から放射能を撒き散らしていること、
一基を1年間稼動させると、リトルボーイの１０００倍の放射性物質が生ずること、
使用済み核燃料の処分法が皆目わからないこと、
事故が起きればたちまち私たちを10万年先までも殺しにかかる殺人マシンになること、
それらを「フクシマ」から学んだのではなかったのか
決して忘れてはいけない
それには、電力会社の言っていることを常に検証する
例えば、原発がなくても電力不足におちいることはなかった、また、コストが安いと思い込んでいる人も多い

それなら、何で電気料金が世界一高いのか、
原発を止めれば国際競争力において負ける、
読売さんよ、みんな、みんな真っ赤なうそだ、そうだったなあ
政府は、どこの国でもそうだが、うそを平気でつく生き物だ
日本では電力会社は政府と一体となっているので真っ赤なうそをつくのも「連帯」の証し、
なのに、私たちはウソだということをすぐ忘れて「連帯」の意のままに動かされる
放射能は猛毒であっても無色透明無味無臭であり、急性障害を除いて、じわじわと人体に影響を与えるので東電・政府に有利に働く
ある日突然発症するのが数年後、10年後、数十年後、そんなに長く危機意識を持ち続けるのは困難である
そこに付け込んで
「フクシマ」が原因というなら診断書をだしておくれ、提訴したければ、どうぞ。
ああ。
しかし、自然界からも放射線を浴びているのもお忘れなく、核実験の時の死の灰もありますぞ、そうそう、あんた方がよく引き合いに出されるチェルノブイリからも、なんですなあ、中国ではPM2・5で年に120万人も死んでいるとか、PM2・5にも放射性物質が含まれているとかで、
ご苦労なこった。
裁判になっても彼らはのんきなものだ
こんな例もあった
福島のゴルフ場が汚染されたので客が来ない、芝を張り替えるしかなく、その費用10億円を東電に支

払うように提訴した
東電は、放射性物質は確かに東電のものであったが、飛散した放射性物質はもう何人の所有にも属さない無主物だから賠償の責を問われるいわれはないと主張した
東京地裁は、東電の主張通り、賠償を認めずゴルフ場側の仮処分申請を却下した、というニュースが2011年11月14日に出ていた、
これであれば、被曝者に対する補償は一切不要であると法的判断が下されたのも同然で、驚き桃の木、びっくり仰天
これに限らず、大企業、まして国を相手に裁判で勝訴を勝ち取るのがいかに困難なことであるかは、公害に関する損害賠償裁判として世界にも広く知られた4大公害裁判を見れば歴然としていることは前述した通りだ
四日市排ガス、喘息問題、水俣病、イタイイタイ病、然り
まして、今度は放射能だ、考えるだけで気が遠くなる
そうはさせじと、3月以来毎週金曜日の夜、国会前に数千から万を超える人たちが集まり、原発をゼロにせよと叫んでいる
その他いろいろな反対運動もあり、紆余曲折があったものの
子どものうぶな力はすごい
保安院を、子どもたちが「保安院あほ…ホアンインアホ…保安院は前から読んでも後ろから読んでもあほやった」と言葉遊びの対象にしておちょくった
子どもの澄んだ目にたじろいだのか
従来より問題になっていた経産省内の「資源エネルギー庁」と「原子力安全・保安院」を分離し、「原

子力安全・保安院」に「内閣府原子力安全委員会」などを統合し「原子力規制委員会」となって衣替えをした、が、やっぱり大人の方がたちが悪い、名より実をとり、字義通り衣だけを替えただけで中身は元のまま、委員長には「原子力ムラ」の主要人物である田中俊一氏が就任、

いかなる組織も人あっての物種

公平にいうのは表向きで明らかに原発推進派で構成されている、廃炉など初めから期待できない、委員は5年間は罷免もされない

なし崩しに既成事実化する、また抜け道のある制度にしておく、一見、制度改革が行われ前進したかのようだが、中身は旧態依然のまま、政府のとる常套手段である

戦後69年、際だった警察国家ではなかったが、公安警察が常に動いているのは紛れもない事実である、それを可能にしたのは、建前と本音とを使い分ける、なし崩し体制である

これだと、どこまでを白とし、黒とするかはその時々の権力の匙加減によって決まる、

一例を挙げると

宝塚で菅野松本市長の講演会があり、私も行く予定にしていた、菅野氏は医師としてチェルノブイリで献身的な医療活動をしていた経歴の持ち主である、前日に殺すぞと言った脅迫電話があったので講演会は中止かと思ったがともかく出向いた、菅野氏は予定通り来ていたが、脅迫電話の件には触れず、事情があり講演後の質疑応答の時間は取れずこのまま帰らせていただくと言って足早に去ったこういった例は幾つも耳にするが、恫喝した人間を捜査、逮捕したとは聞いたことはない

東電がこれほどの甚大な事故を起こしても、

提訴されても有罪にならず、捜査もされないのは隠然たる力を持っていて、国の中枢部に食い込んでいるからであろう

そして、「力」とは「原子力ムラ」であり、利権集団の生み出す、有り体に言えば、「金の力」である、しかも、「金の出所」は勿論言うまでもなく私たちが払っている「税金と電気料金」、

本来なら収賄罪や脅迫罪や詐欺罪など、いろいろな犯罪行為にあたるが、これらは闇の世界の話

アベ総理は本音のまま無邪気に「私が最高責任者である」と言った、抑制したのは「最高権力者」との言葉、いやはや、こんなふざけた発言を公の場ですれば即刻追放だ、それが出来ない与野党の国会議員は腰抜けで、国民運動にもっていけない私たちも腑抜け

三権分立が機能していないところにはいつも腐った札束が舞っている

いうまでもないが、アベ総理は「行政の」最高責任者に過ぎない、最高責任者というなら、それは「憲法」、アベ総理が大きな顔をして振る舞えるのは国会で議決された事項の範囲内に限定される、言葉を換えれば、私たちが負託した国会議員の合意した事項の範囲内に限定される、それを無視すれば札束が裏で動く事になる

アベ総理は、「表の世界と裏の世界をごちゃ混ぜにしている初めての総理大臣」として歴史に名を残すことになった

ところが、これが困るのだ、ごちゃ混ぜにされると、「フクシマ」は完全に蚊帳の外に置かれてしまう、本音を言えば東電は勿論国も補償などしたくはないと思っている、これは間違いない、しかし、建て前上、スズメの涙ほどの補償でもせざるを得ない、ここでさあ、本音と建て前とをごちゃ混ぜにするとどうなるか、裏の顔が出てきて、にたーと笑って切り捨て御免となる

今までは闇は闇だったが、アベ総理が出てきて闇が闇でなくなりつつある

東電が赤字倒産なんてウソだと分かったでしょ、内部留保の金、つまり貯め込んでいるお金が２０１１年３月期は３兆２６５２億円、「フクシマ」をかかえた12年３月期決算では５兆２０００億円、

兆では実感できないのでもう少し具体的に捉える、これが大事だと何度も言ってきた、
3・11でおおわらわの最中に、日に53億円もの金を増やし続けて、3月の決算でおよそ2兆円をも前年度より内部留保金を増やした
あなた、自宅兼店舗のひと、家が火事で燃える最中、売り上げじゃない、ただ、溜め込むだけの金が日に53億円、毎日毎日渦巻く火炎を浴びてもものともせず、濡れ手で粟、ひひと笑いながら積み上げて2兆円
それだけではない、きちんきちんと抜かりなく「原子力損害賠償・廃炉等支援機構」から資金の交付を受けている、その総額たるや4兆6120億円、別に「原子力賠償補償契約に関する法律」の規定による補償金として1200億円を受領、とプレスリリース2015に東電は発表している
何のことはない、国より、何度でもいうが、私たちの税金から4兆7320億円もらっている
賠償はすべて終わったわけではないが、あとの手当も抜かりはない
東電は決め台詞でプレスリリースに味も素っ気もない短い文章で締め括っている、「機構からの資金援助を受けながら、原子力事故の被害に遭われた方々の立場に寄り添った賠償を最後のお一人まで貫徹してまいります」と、だって
賠償金の出所がはっきりした、あと、総額だけを見ていたらそれなりの賠償とか補償がなされているようにみえるが何せ相手は東電、確かめなきゃ
賠償金のお支払い状況より

個人・法人個人事業主・共通のすべて		賠償の延べ件数	
•精神的損害	8147億円	•個人	645000件
•就労不能損害	2216億円	•法人・個人事業主	272000件

●出荷制限・風評被害　1兆2991億円
●間接損害等　1631億円
●財物価値の喪失　1兆0395億円
●住居確保損害　386億円
合計　述べ91万7000件
合計　3兆5766億円
損害賠償額の試算として提示されているのは、4人家族（夫婦・子2人）・移住先は福島県内の都市部・宅地は950万円・家屋は2466万円として
1．帰還困難区域（年間放射線量50ミリシーベルト以上・該当者2・5万人で6250家族とみなして）
1家族に　賠償額8875から1億475万円　計　最大6550億円
2．居住制限区域（20から50ミリ・該当者2・3万人で5759家族）
1家族に　賠償額7197万円　計　約4145億円
3．避難指示解除準備区域（20ミリ以下・該当者3・3万人で8250家族）
1家族に　賠償額5681万円　計　4687億円
合計　1兆5380億円
賠償額そのものの額だけみれば、まあまあの補償といえる
だが、少し待ってもらいたい
これは「試算として提示」しただけ、羊頭狗肉のたぐいであることにまた騙されないように
さあ、思い出して下さい
年20ミリシーベルトにすると、20キロ圏内であっても48地点のうち、超えるのは21地点に激減する、人口は、各地点便宜的に均等として、4万8125人、提示された試算の、1と2との該当者の合計

が4・8万人でほぼ同じ
私は泡く銭をつかう時は気前がいいので、4人家族の補償額を9000万円として試算してみたのだが、東電は1は8875万円から、2は7197万と提示、これが羊頭狗肉、
平均的な兼業農家の場合では、精神的損害は8147億円割る91万7000件掛ける4人で355万円、就労不能損害は2216億円割る91万7000で24万円、あとは出荷制限から住居確保損害までの2兆5404億円割る91万7000で277万円、合計して656万円、これに宅地950万円、家屋2466万を加えて、4072万円にしかならない、半額にも届かない、
東電が、1の住民に、4人世帯で平均9000万円支払ったという、あの紛争審査会の発表との整合性はどうなるのか
「試算」だと逃げ道は作ってあるが、出鱈目を承知で公表しているのにはちゃんと効果はあると踏んでいるから、にも気づこう、
そう、一般の人はそんなに注意深く見ない、ああ、少なくても5千6百万ほど、多い人は1億を超えるか、まあ、これだけ補償してもらえたらいいんちゃう、この程度の関心しか払わない、一家族に対してが一人に対してと見まちがえる、20ミリについては一顧だにしない、こういった認識で、この出鱈目な内容が流布されていき、東電もしっかりやってるじゃん、となる、典型的な騙しの手口
私が、1億円もの大盤ふるまい、太っ腹な東電さんですなあ、と突っ込みをいれると
ダンマリの東電、仏頂面のしたではひくひく強張りながら、3について言われはしないかとびくびく、
年間許容量を政府が20ミリにしてくれたのだから、3の避難指示解除準備区域はそれに伴って意味を成さなくなり、3・3万人の人は補償の対象外になるのを、「まて、それはおかしい」と胸倉を摑まれたらどうしよう、と。

それでも体制は体制、体制が崩壊しない限り、時の政府・東電に有利にことは運ばれていく
3・11以降はもう自分の身は自分で守る、それしかない
政府も福島県も東電もどうしてこうなんだろう、あの試算もあの通りにやると思う人がいるから釣り広告を平気で出すのがよくわかったと思う
こうして大熊町や双葉町などの帰還困難区域の人々は死の灰に追い立てられ、身一つ、端金《はしたがね》を恩着せがましく手に握らされ
希望の旅か、死出の旅か、ながの旅路に赴こうとしている

2015年2月末に、朝日新聞と福島放送による福島県民世論調査によると
放射性物質が家族や自分に与える影響に対する不安については、ある程度も含めて大いに感じるが73%、しかし事故半年後では91%だった、国民の間で原発事故の被災者への関心が薄れ風化しつつあるは71%で、これまでの政府の対応については71%が評価しないだった、過去4回の調査でもほぼ同じ、
東電の対応については80%が大いに問題があると、
このアンケートをみていると、やはり福島に生きるひとの郷土に対する愛情には並々ならぬものがあるのだと思う、デラシネの私には分からない、しかし、彼らが私のようになるには忍び難い、原子力と人とは共存できないのは自明の理だというのは言を俟たないとしても
それをどうだ、東電ときたら
内部留保として貯めこんだ5・2兆円、2014年度の決算が黒字という信じがたい「快挙」
3・11の起きた2010年度の決算を上回って2000億円を超える、「フクシマ」で倒産している東電ですよ、電気という公共性があるから税をつぎ込んで支えているだけの東電がこれだけのあぶく銭

と今期の黒字決算、全くふざけた話、何度、悪い冗談をついたら気がすむのだ、
このままだと、あぶく銭は役員報酬や給料、病院、保養所、社員寮などへとまたぞろ垂れ流し
誰にも欲があるのは確かだ、私にもある、欲があるから種の保存ができ、人類は今日まで生きながら
えてきた
しかし、何事にもおのずと節度がある、矜持がある
白髪三千丈なんて誰も信じない、弁慶の千人切りも、大奥3000人といっても将軍が3000人切
りしたなんて誰も思っていない
群れとしての社会が成立するには、社会の通底に「のり」が涙川のように静かに流れていることを前
提とす、
涙川を渡れば、一線を超えることになる
「原子の火」は涙川の向こうにあった
1945年8月6日に、それは私たちの眼前で炸裂した
一億火の玉となるのはあの時だった
DNAの尊厳を賭して、立ち向かわなかったばっかりに
ひととしての一線を越え、
涙川を渡ろうとした者を阻止できなかった
私たちの国には古《いにしえ》から「なみだのとおるみち」があると言われてきた
いかなる時であろうと、いかなるものであろうと渡ってはならぬのが掟であった
わけなどない、掟とはそういうものだ
パンドラの箱は開けられ、悪も幸福もすべてが飛び出したと聞く

それでも、なみだかわを渡るものは誰ひとりとておらなんだ
外道のなすことだとして、生まれでる前から禁忌とされていた
しかし、ついに、禁を犯そうとするものがあらわれた
恐れを知らぬヤカラ
「流れいづる方だに見えぬ涙川」をものともせず
この分では渡り終えるのも時間の問題
欲の虜となった者ほど、慾のしもべと堕してしまう
こうなると、人の命などなんとも思わぬ外道が誕生し、外道の支配する世ができる
領主が敵を殺戮するにもそれなりの大義があった
盗人にも三分の理があった
外道にはそれが全くない
折りしも、がまに「原子の火」が灯され
切り刻まれる捕虜の叫び声を肴にしながら涙川の水を飲んでいる外道
天に唾しながら裸踊りをむさぼっている、
時来れば、ゆく川のながれの如しで、一人、また一人と、裸踊りの群れからひそかに抜け出す
聞こえてくる「フクシマ」・「チェルノブイリ」
「フクシマ」では今日も廃炉に向けた作業が断続的に行われている
貯蔵プールは持ちこたえた
ああ、よかった、よかった
だが、その先は

こうして生きているからには
まだ綱渡りをしているということか
薄れゆくおもいのなかで
世界に張り巡らされた原子の力の前で
玉砕も出来ずに蹲《うずくま》ったまま
チェルノブイリの事故そのまま
「フクシマ」と化した俺は辿っていく
　土葬された遺体は核のゴミ
　火葬された遺体は死の灰
私たちは襟首に突きつけられた匕首《あいくち》をどう受け止めたらいいのか
ひと殺しはいけない、ひとを殺すに核兵器を用いてはならない
原発は地獄の湯沸し器だと言ったアインシュタイン
ひと殺しに何を用いようが、同じだ
うんにゃ、それは違う
他県で寄宿生活をしていた女学生が
家族の安否を尋ねて
8月8日に広島に辿り着いた
家は一部を残し焼き爛れていたが
我が家とすぐに分かった
なかに重なるようにして黒焦げになっている二つの遺体があった

恐る恐る少し上の遺体を動かしてみると
千切れ千切れの着物の文様が目に飛び込んで来た
母だ
父が母にかぶさるようにして死んでいた
込みあげる涙
なんて軽いのだろう
姉は、と
台所とおもわれる辺りにいくと
竈《かまど》に押し付けられた白い骨があった
姉
女学生はその場に立ちすくんだまま
この世にない一体の骨をいつまでも眺めていた
ねえさんてっば
陽が翳る頃になると
口紅をほんのりとさした姉の顔が浮かびあがってきた
みっちゃん、わたしのぶんまでしあわせになって、ね
しかし、しかしだ、ここで言葉を呑み込んではいけない
それでは「原子力ムラ」の思う壺だ
一歩、一歩でいい、踏み出すのだ
「フクシマ」の二の舞いを演じてはならぬ、

チェルノブイリは28年経とうが250年経とうが変わり果てた姿をこれでもかと見せている
諸行無常、一切の恩讐を超えて、新たな地平を目指して旅立とう

アンケートの結果では、福島の人だけではなく全国的に二割程度のひとが福島産の食材を避けている
とのことだった
ウクライナでは、1平方メートル当たり4万ベクレル以上の土地は汚染されていると規定している、
それを目安にしてみてみると
文部科学省の発表している資料（福島県は未発表）
「2011年3月から6月迄のセシウム134と137の降下物積算量」（1平方当たりのベクレル）
・茨城県　　40801ベクレル
・東京都　　17354ベクレル
・静岡県　　1293ベクレル
今のウクライナでは、ジャガイモ畑のベクレルは1ベクレル
どうですか、茨城のジャガイモは放射線管理室で栽培されたジャガイモ、これはもう論外
東京で栽培されたジャガイモはどうですか、
ウクライナの1万7354倍も汚染された畑で栽培されたジャガイモが東京産です。
待て待て、ウクライナの土壌汚染は4万ベクレルだから、東京は半分にも満たない汚染度じゃないか。
ジャガイモは1ベクレル以下の畑で栽培されているのです。
江戸っ子だい、なにをぐちゃぐちゃ言ってる、肉じゃがてえーのはおふくろの味だ、ガキってのはお
っぱいと肉じゃがで大きくなるもんときまってんだよ。

お好きに、東京の土壌汚染についてみてみたが、勿論一つの目安に過ぎない、文科省の計測が、例えば表土から5センチのところか30センチか、どこなのか、同じ処でも雨の降った翌日か、そんなことでも違ってくる
でもこうしてみると、ひどく汚染されていることは確かだ
メルトスルーした1000トンのデブリが地下水脈などを通じて半永久的に拡散しつづけることになれば、東日本は静かに死の地に向かっている
福永武彦は、「死の町」と化した「ヒロシマ」に、それでも「深淵と深淵との間に」「懸け橋」を懸けようとした。私たちは、「フクシマ」に夢の浮橋を懸けることができるか
なんとなく大丈夫だろうということで、東日本に住み続ければ外部被曝にさらされ、汚染された土壌で栽培された作物を食することになる、致命的なのは水の汚染。
それでも、物ともせずと言おうか、旧習を墨守しているのか、
差し出がましくも避難させじと陰湿な遣り方で圧力をかけている旧家の主や村会議員
こういう村のボスがいまだに顔を利かせていて、原発マネーに絡んでいる、この構図が温存されている限り
原発に異議を唱える者は和を乱すものだということになる
「フクシマ」が起きた今もそれは何ら変わっていない
私たちが体制に負けるのは「悪の集合体」を外側から見ているからだ
個々の悪が絶大な力を発揮するのはそれら諸々の悪が複雑に絡まり合って、作り上げている「悪の集合体」に肉薄しないからだ、出来上がったものを幾ら見ていても弱みを見つけ出すのは難しい、補強しあったり反目しあったりしながらも「原子力ムラ」が形成されていく道中をともにしなければ、汚

泥に埋もれたコアに一瞬たりとも触れることが出来ない
敵を知り己を知らずして、どうして勝利を手にできようぞ
まして日頃は「悪の集合体」は「人型」に化身し、独自の意思をもって動いている
この状態にある時は勝てない
敵は、特別に配慮して賠償金を考えるので任せて欲しいと手を替え品を替えしつこく言ってくる、
ヤツの真骨頂は粘り腰、これが善良な人には熱意に見える、こんなにわたしのために一生懸命になってくれている、この方に任せようとなる
後日、補償金等に差があるのを知っても、あからさまに金額を話題にして言うことはない、
日本の風土を悪用して、被災者の間に楔を打ち込んでいたということだ
だから、「悪の集合体」には「集合体」で戦う、これで五分と五分の戦いとなる
私たちも「善の集合体」を組織し、世にばら撒かれている多くの玉石混淆の情報のなかで「いつわり」の情報を次々と暴いていく、一つ暴けば一人仲間が増える、そうして一つ一つ積み上げていけば、面白いもので、ある時点を境にして加速度的に同志は増え、思った以上に早く、「悪の集合体」を凌駕する程になる、
さすれば勝てる
大飯原発再稼働の問題にしても、地元の大飯町が承認したのでと、あるが、承認といっても町議会で一人を除いて、14人ほどのボス議員が賛成したに過ぎない
これが民主主義の実態である
「フクシマ」の内包する問題なんて、この14人のボス議員にとっては、
一部の者ががあがあ言ってるだけや、あんな連中、ほっとけ、わしらの町議会が賛成と決めたことだ、

関係ないわ、となる。
「フクシマ」とはなんであったのか、
大飯原発が爆発すれば、関西の水がめ・琵琶湖が駄目になる、滋賀県、京都府、兵庫県、大阪府は汚染水を飲用することになる
それが14名の手に委ねられている、
マスコミは、「があがあ言ってる」若者を主とした人たちが大飯原発への道にバリケードを築き、作業車の通行を阻止しようとしていた姿を伝えたか、夜襲までかけて撤去しようとする機動隊を伝えたか、
相変わらず「原子力ムラ」の巨大な利権集団は健在であり、いち早く駆けつけたフランスのアレバ社をはじめとした各国の原子力産業の思惑も絡み、事態は錯綜している
被曝者は孤立無援の状態に置かれたまま
しかし、しかしだ
世論が正当な方向を向けば、政・財・官・学・マスコミの利権集団は間違いなく瓦解する
兆しはある
2015年4月、福井地裁が高浜原発の再稼働を差し止めるとの判決を下した
原発を100基と一番保有しているアメリカでは
原子力規制委員会が、「核のゴミの最終処分場が決まるまでは新規の原発の建設も認めない、稼働期間の延長も認めない」と、今までとは違う方向に転換を図った
アメリカの規制委員会は日本と違って完全に独立した機関で、その権限は強く大統領も覆すことができない
国土の広いアメリカであっても、核のゴミを引き受ける地域はどこにもない

これで、アメリカは順次稼働期限のきた原発を廃炉にしていくことになる
イギリスでは19基が稼動しているが、24基は廃炉が決まっている
加えて、世界の動きとして、ウランの埋蔵量よりも石油の埋蔵量の方が多いということで、原発から
メタンハイドレートやシェールガスなどのエネルギーに切り替えようとしている、
今、アメリカの経常赤字は4600億ドルくらいだが、そのほとんどがエネルギーの輸入による、
ところが、無尽蔵と言われているシェールガスの採掘を可能にする技術の確立によって、シェールガ
スの採掘が本格化すると、アメリカは世界1の産出国になるとか
勿論そうなれば4600億ドルの赤字が解消されるどころか日本に買ってくれとかの話である
加速的な技術の発展、これが思わぬところで正負を逆転させる方へと動き出す
そうなれば、日本も中東よりも格段に安い燃料が手に入る、この点からも原発を稼働させる根拠を失
うことになる
（一寸先は闇ってのは政治の世界だけじゃなく、経済でもということで、2015年になって原油が
半値以下に急落、原因がシェールガスの本格的な生産にあるとかだが、シェールガスの採算性も問題
化、またオバマ大統領が新規の原発の建設を許可したとか、ううん、ややこしい）
こういった情勢下にあって、アベ総理が原発をトルコなどに売り歩いている
悪化の一途を辿っている「フクシマ」を抱えている国の総理のとるべき行為かと各国から冷ややかな
眼差しで見られているのが分からないのかとあわれに思う
各国は核廃棄物の処分場さえないなど、余りにもリスクの大きさに気づいて原発離れを起こしている、
旨みがなくなってきたのが最大の理由だと思うが、私たちにとっては原発がなくなればいいだけなの
で理由などどうでもいい

ついでに、この機会に、ＩＡＥＡに属する学者も雇われママなんかやめて一人立ちし、放射能の無毒化に取り組んではどうかなあと思う

成功すれば、それはもう10万年も遊んで暮らせるお金が入ってくると思うよ

ＩＡＥＡの学者さん、それに、ＩＣＲＰの学者さんよ

放射能というものが人類にとってどれほど不気味な殺人鬼であるかはご承知のうえで、端金で研究者の良心を売ったり、愚にもつかぬ社会的地位を得ることに、心のどこかで苦しんでいるのではないのですか

今、ＩＡＥＡの事務局長である天野元官僚は、「フクシマ」に関する東電の報告書に満足そうであったが、一方でアメリカの規制委員会の決定事項をどのような思いで受け止めたのであろうか

第18章　潮は満てり　さあ、どうするか

戦後の国際社会は、アメリカの世界戦略によって左右されるところが非常に大きい
しかし、アメリカも世界のおまわりさんであることが重荷になっていると同時に、頼みもしないのに勝手におまわりさんだと言って出てこられても迷惑な話だと言われるようにもなってきた
国力の衰退に伴う現象だが、中国の台頭も少なからず影響している
しかし、中国がアメリカに代わって世界の覇者にすんなり納まることは難しいだろう
中国も深刻な内政問題を抱えている
スペインとかイギリスとかアメリカなどの一国が世界の覇者である時代はもう終わったのではないか、これからは各ブロックに住み分けて、併存していく道を探る時代にさしかかっているのではないか、
GDP2位の経済大国の座から滑り落ちた日本ではあるが
米軍基地に対する「おもいやり予算」も、今では国力を遥かに上回っている100兆円を超す米国債の保有も、20年に及ぶデフレ不況であっても多額の各国・国連・各種機関への拠出金や円借款も従来通りおこなっている
これは衰退するアメリカの肩代わりといってもいい
財務省は「国の借金」が1000兆円だ、これは、国民一人あたり800万円の借金になる、なるとうるさく言っているが、なぜ債権の方は言わないのか

これについては、高橋洋一氏が明快に述べている
財務省が2013年度末のバランスシートをまとめ、2014年3月時点で資産・負債差額は490兆円と発表、と
負債は公債856兆円などで1143兆円、
資産は有価証券129兆円・貸付金138兆円などの金融資産が352兆円、有形固定資産178兆円、運用預託金105兆円などで653兆円
ということで、国の債務超過は490兆円、
これだと、国民一人当たり800万円の借金、シメテ1000兆円の借金だと言うのとは全く違う感じを受ける
例によって、ここでも姑息な官僚の手口
高橋氏は言う、「20年前にはじめて国のバランスシートを作ったのは著者」「幹部から口外しないように、余りに資産が多額で」「資産の大半が特殊法人などへの出資金・貸付金であったため、仮に資産売却・整理となると、特殊法人の民営化や整理が避けられず、天下り先を失う可能性が高かった」と、特別会計、天下り先の確保という官僚の私欲が国益に優先している構図が高橋氏によって明らかにされている
続いて、氏は490兆円の債務超過を簡単に減らす方法を述べるのだが、実は、借金大国でもないので割愛する。
このようにシロアリ官僚の余りにもひどい実態が暴露されても世は平穏
おかしいではないか
これをきっかけにしてでもいいから

消費税を上げる必要性がどこにあったのか、財政危機は単なる財務省の煽りでないか、特殊法人を廃止、官僚制度を抜本的に見直し、字義通り公僕にそった制度に、たった、これだけで日本はすばらしい国になる

やはり、私たちは、アメリカやヨーロッパの時代は終わり、アジアの時代に入ったと認識することが大切だ

「フクシマ」が教えてくれたのは、軍事力や経済力による支配構造から脱却しなければ、また新たに世界に覇を唱える国の出現を許してしまうことになる、ということでもあった

染みついた脱亜入欧から抜け出す、またとない機会である

開国以来、欧米の陽の当たる面しか見てこなかった

ヨーロッパの今日があるのは、アジア・アフリカ・アメリカ大陸での植民地支配、虐殺と暴力によって得た富による

またアメリカの今日があるのは、インデイアンの皆殺しによって得た土地とアフリカの奴隷化によるものであることを忘れがちである

勝ち戦であるにもかかわらず、イエロモンキーには原子爆弾をつかってもいいだろう、とルーズヴェルトとチャーチルとが話し合い、後を継いだトルーマンが国際法を無視し、何の躊躇もなく下した命令で広島・長崎に原爆投下

敗戦後はソ連・中国の共産圏に対する赤の砦

ソ連が解体し、ベルリンの壁が壊され、東西の冷戦が終結した後も

原発導入の立役者の一人、大勲位中曽根元総理が日本列島は不沈空母であるとレーガン米大統領に媚

びている
こういうヤカラを戦前は「国賊・非国民・売国奴」と罵り、国家権力によって虐殺された
私は愛国者でもなんでもないが、国益を損なってまでもアメリカに媚を売り、自身はそれによって私腹を肥やす者は私たち国民を地獄のどん底に落とし込む売国奴であり、その罪、万死に値すと思う
戦争体験者も高齢になり、ほどなく鬼籍に入ればもう生々しい体験を知る人もいなくなる
広島・長崎の被爆者についても
2014年7月9日付けの読売新聞に「被爆者20万人下回る」の記事が出ていた
中曽根氏と同じ軍隊にいた人が、中曽根氏が総理になったので、アイツなら戦争を始めてもおかしくない、と言って、自給自足の生活ができるように準備していたが、とうの昔に亡くなった、その姿が妙に心に残っている
戦時であっても将校はいい、中曽根氏も主計中尉として戦地にいたが前線には勿論でることなく、慰安所作りなどを命じていた
いつも泣きをみるのは二等兵だ
うじ虫に食われる亡き骸、吹っ飛んだ頭のない死体、はらわたの出た死体、どうにもならぬ気持ちを抑え切れず無防備な住民に襲いかかる兵、それをぽかんと見ている仲間の兵士、手を挙げて命乞いをしている敵兵に目をつぶったまま銃を乱射する兵、劣化ウラン弾でイラクの戦車を粉っぱ微塵にしても低線量被曝におびえる米兵
一言で言うと修羅場と化した戦場、戦さほどむごいものはない、
人間をやめなければ生き残れない、やらねばやられる、そこに一体どんなひととしての道があるというのか

後方の安全な陣営で作戦を立て、命令を下すだけの「高級将校」
更にその後ろには武者震いしている「国家」
そして、胡散臭い「ぬえ」
「フクシマ」では敵はだれだったのか、事故を起こしたのは本当に東京電力か
そこには戦前と同じシステムが働いていた、
社会の仕組みも何ら変わっていない
私たちの社会は、「50年後には片輪の子が次々と生まれてくるかもしれないが、今、手に入る原発交付金や関西電力からの多額の寄付金や固定資産税ほどありがたいものはない」と当時の高木敦賀市長が言ってのけるような不遜極まりない言動を許しているのだ
ほんのちょっとでも、原発に手を染めれば人類に未来はないというのに
ベトナムやトルコやインドや中国などがまだまだ原発を建設していこうとしている
ドイツだけが「フクシマ」を機に原発と手を切った
日本だって、今まで原発にそそいできた労力と金と時間とを安全でクリーンな自然再生エネルギーの開発に費やしていれば、とうの昔に実用化していたと思うが
原発が核戦略に組み込まれていたがゆえに至極厄介な問題を常に内包したまま今日に至っている
予算も人材も自然再生エネルギーの開発に回ることはなかった
核兵器が核戦争の歯止めの役割を果たし、核抑止力となっている、これはウソだ
抑止力の実質となっているのは「ヒロシマ・ナガサキ」の惨状だ
戦争となれば、ひとはどこまでも残虐になれる、だが、原爆によって殺されるのは異次元の残虐性で、そこには人間性は微塵もないと人々は感じたのではないか

広島や長崎の原爆資料館に行った人は無声慟哭するしかない自己に愕然とする
どう考えても、想像力をどう駆使しても、及びつかない異次元の世界を見て慄然とする
これが核兵器の使用を思いとどまらせている原動力だと実感する
二度と異次元の世界を現出させるな、と
「フクシマ」とて同じだ
ロシアは天然ガス、アメリカはシェールガス、ドイツは太陽光、日本もメタンハイドレートと
今、世界にある431基の原発はアメリカと日本とがやめるだけで280基ほどになり、それだけ危険が減る
ただ、アベ総理がどういうつもりか、ワン・フレーズごとにきんきん声をおちょぼ口に乗せ、海外で「原発はいらんかね」と売り歩いている
アメリカの電力会社が、廃炉にせざるを得なくなった要因の一つに三菱重工業の部品があったとして、3900億円の賠償を三菱に要求している
こういった例で分かるように、首尾よく成約できたとしても、原発には常に放射能漏れがあり、トラブルがありで、メンテナンスは売り手の側がしなければならない厄介ものだ
爆発事故が起きれば国が傾く
そういった計り知れないリスクも承知でアベ総理はトップセールを盛んにやっているのだろうか、私には売ったら最後、あとは野となれ山となれだと、オリンピックの件をみれば、そうだと思われる

いろいろあった、しかし
私たちの世代は「原子の火」をともした、その罪は償わなければならない

いや、ほんと、ほんと、放射能とはよくよく縁のある国だ
でも、いいじゃない
「ヒロシマ・ナガサキ」「第五福竜丸」「フクシマ」と
三度にわたる試金石
仏の顔も3度までで
オベリスクになった私たちの世代
　ナバホの民も言っている
　ウランは地中に留めておくものだと遠い親からいつも教わってきた
　もし解き放たれたならそれは邪悪な蛇となり
　災害や死や破壊をもたらす
　やがて人類だけではなく鹿も鷹もウサギも命の水を汲み上げられて
　未来の世代のいのちは失われてしまうと
私たちの親の世代は同じ先つ親を持つナバホの民と原爆投下前にはグアム・サイパンで戦争とはいえ
アメリカ兵として従軍してきたナバホの民と殺し合っていた

［了］

２０１５年４月２日

あとがき

旅する者にとって、是非とも行ってみたいと思う所と出来れば避けたい所がある。「是非とも」と「出来れば」とでは、姿勢そのものが最初から違ってくる。私にとって、足がどうしても重くなる地といえば、敦賀の原発銀座であった。ここはいろんな意味で、この国の曲がり角を暗示する地であった。

1969年1月、全国の大学紛争の象徴的存在であった安田講堂の攻防も、東大の解体とはいかず、春の入試中止という、なんとも居心地の悪いまま尻すぼまりとなった。なんとなく京都の大学を卒業した私はなんとはなく教師になっていた。その年の10月には敦賀では、晴れてといおうか、臨界に達した。関西の宝塚に身を置く者としては大阪万博の喧騒を避けるすべもなく、勤め先の学校でも子ども達の話題といえば、どこそこのパビリオンがすごいとかで持ち切りであった。

「芸術は爆発だ」と言った岡本太郎、その通りだと思う。ただ、万博公園に据えられた巨大な「太陽の塔」がそれを具現しているかはともかくとして、内部に設けられた「生命の樹」はいい。ただ、この樹が、完成した敦賀から送電された電力で、「原子力の灯が会場に届いた」と、電光掲示板に表示されたのを大勢の人が大歓声を挙げて仰ぎ見たのをどんな思いで聞いていたのであろうか、と

その時にはよくわからなくても20年もすれば見えてくる

ベルリンの壁を見た時は、そこにはぶつかりあう、剝き出しのエゴがあった。

慶州の天馬塚に行った時は、露店商の老爺が懐かしそうに日本語で声を掛けてきた。

ポンペイに行った時は、62年の地震で崩壊した街の再建がほぼ終わろうとしていた79年にヴェスヴ

ィオ火山が噴火した。その後、突如流れ出した火砕流に一瞬にして埋もれてしまった街の遺跡を見た。今も昔も犠牲になるのは奴隷や娼婦である。2万人ほどいた町の多くの人は噴火が起きると避難を始めていたが、残らざるを得なかった人のうち、2000人ほどの人がそのまま埋まってしまった。

ベルリンの壁や露天商の老爺は人のなせる災厄

ポンペイの生き埋めは自然の災厄、しかし、これとて持てる者はさっさと安全な処に逃れているではないか。

こうしたことから、20代の後半、幾度か敦賀に行ったのも自然の成り行き。雪の日もあった。夏の日照りもあった。父の世代が負う「ヒロシマ・ナガサキ」、しかし、「ゲンパツ」は私たちの世代が負わねばならない。

敦賀原発1号機は「フクシマ」1号機と同じGE社の沸騰水型軽水炉である、これは原子炉としては欠陥であると指摘されていた、GE社の技術者が職を賭して、構造的に爆発の危険性があると告発していた代物、それを何らの改良も加えず、GE社に言われるまま建造した、勿論、「フクシマ」が起きるまでもトラブルを幾度も起こしている、幸いなことにたまたまそれが爆発につながらなかったというだけのことであった。そして、取るべき安全上の対策を怠ったために、ついに地震・津波を引き金にして、前代未聞の惨事・「フクシマ」を引き起こした。東京電力の勝手気儘にさせておいた私たちにも大いなる責任がある。

敦賀原発でもそうだ。事業者の日本原子力発電や関西電力も同根であり、それと同調してきた原発推進派なるものも全く同根である。

1981年4月に、敦賀1号機の周辺の海藻から異常に高いコバルト60が検出されるということが起きた、これは設計・施工管理上の問題に、運転上のミスが重なったということで起きたのであるが、この話は、その前月に、やはりコバルト60やマンガン54などを含む放射性廃液がタンクからあふれ出ていたという事故があり、発電所側はその事実を隠蔽していたというオマケ付きだった。構造上の欠陥、運転ミス、事故隠しによって、原発に対する不信を新たにする出来事であった。

しかし、それを覆い被せるほどの推進派の横暴ぶり、当時の高木孝一敦賀市長は平然と言っている（要約）、「1年食ったって規制量の量にはならない。しかし、魚は売れない。100円損したんなら、精神慰謝料50円を含んで150円貰いなさい、原電の方は、少々多くても、もう面倒臭いから出して解決しますわ」と、これが事故に対する考え方であり、損害を上乗せして原電からむしり取るという遣り方。

原発の誘致に関しては、「三法のカネは、三法（電源三法交付金）のカネとして貰うけれども、裏金をよこせ、協力金をよこせ、というのが、それぞれの地域である。それに『もんじゅ』、その危険性、うん、いやまあ、入ってくるカネが60数億円になろうかと。まあそんなわけで50億円で運動公園は出来るわ」とつづく。そして、「その代わりに50年後に生まれた子供が全部片輪になるやら、それはわかりませんよ」と、さすがに心が疼くのか、いいや、そうではなく、「おやりになったほうがよい」と原発の誘致を薦めている。

私たちは同時代を生きる者として、こんなさもしい、不遜な言動を許してしまっている。敦賀市民と同じように高木氏に投票する素地を私たちは持っているのだ。

何ごとも蟻の穴から堤も崩れるで、まあまあと見過ごす内にとんでもない事態になるのを許しているのが私たちの日常性、ああ嫌じゃやアリマセンカ軍隊は、断じて許してはならぬのは、そう、私だ。

2015年6月17日

吉田雅人

著者略歴

吉田雅人（よしだ・まさと）

1944年宝塚市に生まれる
京都教育大学を卒業
大阪府立高等学校を退職
詩集「ひの女」（オリジン出版センター）
長詩「私のラプソディー」（オリジン出版センター）
定本　物語詩「ひの女」（オリジン出版センター）
詩集「私説能楽集」（オリジン出版センター）
叙事詩「児の館／特別手配」（日本文学館）
住所　〒665-0844 宝塚市武庫川町5-45-301
TEL　0797-84-8977

アウトローで「フクシマ」

2015年7月10日　初版第1刷発行

著者……吉田雅人

装幀……閏月社

発行所……批評社
〒113-0033 東京都文京区本郷1-28-36 鳳明ビル102A
Tel.……03-3813-6344　Fax.……03-3813-8990
郵便振替……00180-2-84363
Eメール……book@hihyosya.co.jp
ホームページ……http://hihyosya.co.jp

組版……字打屋

印刷……㈱文昇堂＋東光印刷

製本……㈱越後堂製本

乱丁本・落丁本は、小社宛お送り下さい。送料小社負担にて、至急お取り替えいたします。

ISBN978-4-8265-0622-9 C0036